U0048453

瘋狂樹屋78層
The 78-Storey Treehouse
誰是電影大明星？

安迪·格里菲斯 Andy Griffiths 著

泰瑞·丹頓 Terry Denton 繪

韓書妍 譯

目次

讓一家大大小小都為之瘋狂的
「瘋狂樹屋」

◎ Gloria（兩個小子的媽媽）

　　呼！泰瑞和安迪終於把書交到大鼻子先生的手上，這可讓我們全家鬆了一口氣！我們是雜食性書蟲家庭，舉凡新奇有趣暢銷冷門等各類書籍，都能在家裡書架上找到。閒暇之餘，大人小孩各據一方安靜的閱讀，是我們最享受的日常時光。而這一切，就在「瘋狂樹屋」出現之後起了變化。

　　自從看過《瘋狂樹屋13層》之後，我們一家就被安迪和泰瑞愚蠢（其實很聰明）又搞笑（其實很認真）的模樣深深吸引，反覆閱讀好幾遍之後，五年級的哥哥三天兩頭

就提醒媽媽「查查看下一集出來沒？」等拿到新書，哥哥會在媽媽煮飯的時候說：「媽媽！這一段超好笑的，我念給你聽……」伴隨著抽油煙機大作實在聽不清楚，廚娘忍不住放下鍋鏟看笑話去，母子笑成一團。才六歲的弟弟識字有限，要求媽媽念給他聽，念著念著，媽媽常忍不住笑了起來，接著自顧自的翻頁、翻頁，再翻頁，直到弟弟哀求：「妳不要自己在那裡笑，念給我聽啦！」儘管如此，由於書裡豐富的插圖幀幀精采，大字不識幾個的弟弟就算只看插圖，也能從中嘗到瘋狂樹屋裡特有的樂趣！

安迪和泰瑞令人耳目一新的幽默和愚蠢，是那樣令人期待，而最新的《瘋狂樹屋78層：誰是電影大明星？》依舊令人捧腹大笑、愛不釋手。說好的「每頁都有一隻牛」還真是一隻不少呢！光是找牛，就讓兩兄弟花了好一番工夫。就這樣，平常總是你推我打的兄弟倆捧著最新樓層的樹屋，相親相愛的依偎在一起，你一言我一句看書笑著討論。看來這一系列好笑、愚蠢又瘋狂的瘋狂樹屋，不但是消磨時光的好伙伴，適合獨立閱讀、親子共讀，也能增進家庭和樂改善手足之情呀！

圖：小子陳曦（台北史代納實驗學校五年級）＆小小子陳翊

鬼靈精怪小孩的知音書

◎ 許慧貞（花蓮市明義國小閱讀推動教師）

　　打開《瘋狂樹屋78層：誰是電影大明星？》的書稿，班上那些活蹦亂跳的小男孩瞬間浮現腦海！這些小孩的共通特色是：成天沒事忙，下課總是不見人影，特別懂得珍惜下課時光，就算上課鐘聲響了，也要把握最後關頭，再投一顆球、再抓一隻鬼；上課總是姍姍來遲，課堂間時常恍神（因為思緒常會亂飄），時不時得提醒他們專心。若是他們在課本上振筆疾書，一副用心筆記的模樣，老師也別高興得太早，這多半不是什麼好現象，十之八九簿本上的人物是要倒楣的，不是被畫上濃妝，就是被迫變身。我肯定，這本書根本就是他們的菜！

　　特別是書中的安迪，完全就是班上一個小男孩的化身，他滿腦子鬼靈精怪點子，一本隨身筆記本，隨時記滿各式天馬行空的怪誕計畫，像是：「因應老師查房之教戰守則」、「橡皮擦發財計畫」、「火柴人戰鬥圖鑑」、「石頭神祭拜須知」……他那本筆記本儼然是班級暢銷

書，老是在同學間傳來傳去，大夥看得不亦樂乎，連老師要看都得排隊哩！我迫不及待的將安迪介紹給他，隔日一早，他遠遠見著我，就一路開心的朝著我跑來，邊揮手邊叫道：「我昨晚看完了，真的很像耶！」看來，安迪帶給他很大的認同感。

《瘋狂樹屋78層：誰是電影大明星？》已經是系列的第六本作品了，我很好奇的是，這樣13層、26層的蓋下去，作者哪來這麼多點子呢？在最新的78層樹屋中，安迪和泰瑞再度施展他們的無限創意，規畫出小男生夢寐以求的搞怪樓層，包括：得來速洗車（可以降下車窗和敞篷一路洗出來）、動物組合機、塗鴉館（整間房子是all you can draw）、全「球」運動場（只要你想得出來的球類運動，這裡都可以一起玩）……最酷的是，還有一間超高保全的的洋芋片儲藏室（由一千個老鼠夾、一百道雷射光、十噸防盜鐵塊，和一隻極怒鴨共同保護洋芋片），規格一點都不輸電影《不可能的任務》中，湯姆・克魯斯需要費盡心思潛入的美國中情局情報資料庫。這根本就是男孩心目中的夢幻天堂，他們的心聲，作者都接收到了，宛如知音般幫他們畫出來。

除了無厘頭的妙點子之外，《瘋狂樹屋78層：誰是電影大明星？》這回聚焦的主題是「原作要搬上大螢幕

11

了！既然要改拍成電影，誰當主角？誰是配角？」的現實問題，讓安迪和泰瑞的友情，面臨了極大的考驗！安迪誇張的嫉妒行為和毫不掩飾的失落表現，不正是小朋友面臨相似情境時的寫照？透過安迪的失心瘋模樣，小讀者正可以從中一窺這份難以言喻的情緒。該如何解套？作者安排了書中的理智小妞吉兒上場點出：「我覺得你不但沒風度……更糟的是，你還是個不及格的朋友。這可是泰瑞的大突破，你就不能為他高興嗎？」為好朋友的成就感到高興！這可不容易做到，卻是一門需要好好修習的重要功課。

此外，關於電影世界的浮誇虛幻，也一併透過安迪和泰瑞的荒唐拍片過程，天衣無縫的布置在故事情節中，像是：大鼻子先生無所不用其極的置入性行銷、拍片過程中諜對諜的竊取對方點子、即使看不清方向也非得戴上墨鏡的明星……沒有任何批評，只是誇張的點畫出這些現象，帶領小讀者看見並發現隱藏於電影後面的祕密。這就是「瘋狂樹屋」！總是在讓人捧腹大笑之餘，也不自覺的接收一些值得深思的訊息。

對了，「瘋狂樹屋」還有一個超棒的優點，就是讀起來超有成就感！它雖然厚，但是有好多插畫，不知不覺間，一下子就讀完了一大本書。我們班的安迪男孩得意洋洋的跟我說：「我媽媽說我閱讀的速度好快，一個晚上就讀完一大本書！你看，這麼厚耶！」看他開心的！閱讀嘛，本來就不是一件難事，就從「瘋狂樹屋」開始吧！

永無止境的奇想旅程

◎ 黃筱茵（兒童文學工作者）

「瘋狂樹屋」系列一向出人意表，充滿了讓人驚奇的想像與爆笑歡樂的情節。安迪與泰瑞這對最佳拍檔聯手搭蓋出男孩們的夢想樹屋，裡頭應有盡有，配備了各種符合男孩夢想的精采設施。奇想連連的樹屋從13層開始搭建，不斷擴建變高，就像不停長大的夢想泡泡。每一部續集，這對搭檔都會加高13層樹屋，於是瘋狂樹屋從13層、26層……無止盡的加高，到了這一集的故事，樹屋已經蓋到78層，樹屋裡也增添了包括動物組合機（想當然耳可以隨意拿兩隻動物配對重組，創造出像是毛毛蟲貓、長頸鹿海獅，甚至意外組成的冰箱熊等奇怪生物！）、未孵化的巨蛋，還有保全超嚴密的洋芋片儲藏室等異想天開的設備！

閱讀這個書系其實非常過癮。後設意味濃厚的圖文小說，在對讀者一一列舉作者與繪者想像成形的歷程同時，也展示一個故事的點子如何從萌芽一步步成長茁壯、在書頁間長成一片濃密的想像森林。每一集都描繪安迪與泰瑞

怎麼應付他們緊迫的截稿期限，創作出一本新作。書裡由安迪負責撰寫文字、泰瑞負責畫圖，呼應了真實世界中的作、繪者安迪與泰瑞。讀者可以推敲這對創作拍檔多愛拿創作這件事來做文章、玩遊戲。書裡兩位主角的遭遇映照著書外作、繪者創作的經驗，頗有戲中戲、鏡中鏡的趣味與令人莞爾的遐想。

　　另外一個最大的趣味點當然在於樹屋的一切莫不是竭力在打造男孩的想像宇宙。不曉得大家有沒有看過小男生的塗鴉本？身為兩個小男生的媽媽，我對於孩子的塗鴉本裡經常出現機器人的戰鬥與各式各樣的想像發明非常熟悉。閱讀瘋狂樹屋系列無疑就像看到孩子的想法極大化：比如在《瘋狂樹屋78層：誰是電影大明星？》中，出現了一段安迪和泰瑞因為彼此誤解，決定進行空前絕後星際太空爭霸戰的情節。對決刺激無比又高潮迭起。以最快速度巨大化的兩人，把月球當做球踢向對方，用嘴巴接住流星雨發射，拔下土星的光環，將對方的身體切成十二塊，甚至把對手推進超巨大黑洞，使得泰瑞的身體最後因為極端的重力，拉長得就像義大利麵！這段戰鬥的激烈程度與鮮明的視覺意象都讓人印象深刻，就像所有孩子嚮往的宇宙戰鬥大冒險在你面前上演！

另一段超精采的設計，是安迪的超高保全洋芋片儲藏室。這間儲藏室的超嚴密防盜設計包括一千個老鼠夾、一百道致命的雷射光網（顯然是戲擬電影「不可能的任務」中，特務湯姆・克魯斯能巧妙避開的雷射光防護網）、十噸重的鐵塊，還有呱呱呱叫個沒完的極怒鴨，加上有史以來最先進的密碼鎖保險箱！這重重關卡竟然只是為了要防止安迪最愛的洋芋片被偷，實在讓人瞠目結舌又驚嘆！更妙的是，即便有這樣嚴密的防盜設計，安迪的洋芋片還是被偷走了！只是偷走洋芋片的人與偷走的方法，都超出所有讀者的預料，非常有趣！

　　關於後設故事，本集翻新的層面在於把瘋狂樹屋拍成電影的過程一一記錄下來。大導演認為泰瑞比較適合擔任電影主角，還找來長臂猿周猩猩飾演安迪的角色，沒想到所有的電影點子都被間諜牛偷走，還拍成一部大受歡迎的《瘋狂牛屋》電影版。樹屋蓋到78層已經出現多如繁星的瘋狂創意了。天知道接下來樹屋還會怎樣變化？好奇心被點燃的讀者們，大家等不及了吧，哞！

第 1 章

瘋狂樹屋七十八層

← 安迪

鋸子
←

嗨，我叫安迪。

這是我朋友泰瑞。

泰瑞

洞

食蟻獸

我們住在樹上。

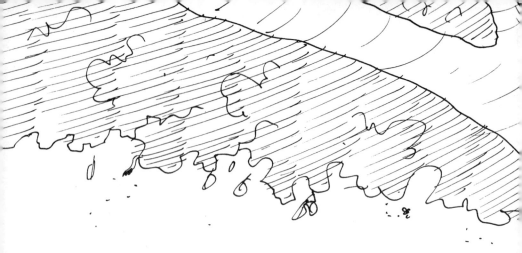

噢，當我說「樹上」，指的是樹屋。

我說的「樹屋」可不是普通樹屋

——是**七十八層瘋狂樹屋**！

（之前是六十五層瘋狂樹屋，不過我們又加蓋了
十三層。）

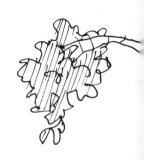

你還在等什麼？
快上來啊！

23

我們增加了得來速洗車（你可以降下車窗和敞篷一路
洗出來）

動物組合機

不太緊繃的鋼索

七十八個雜技轉盤子的樓層

27

未孵化的巨蛋

一間法庭和一名叫愛德華

槌頭的機器法官

塗鴉館

30

安迪國（這個國家裡全都是用我們的複製機器製造出來的安迪複製人）

32

吉兒城（充滿吉兒的城市）

還有全「球」運動場

（你可以在這裡同時進行世界上所有的球類運動）

34

有超巨大螢幕的露天電影院

還有一間超高保全的洋芋片儲藏室。

由一千個老鼠夾、一百道雷射光、十噸防盜鐵塊，和一隻極怒鴨保護洋芋片。

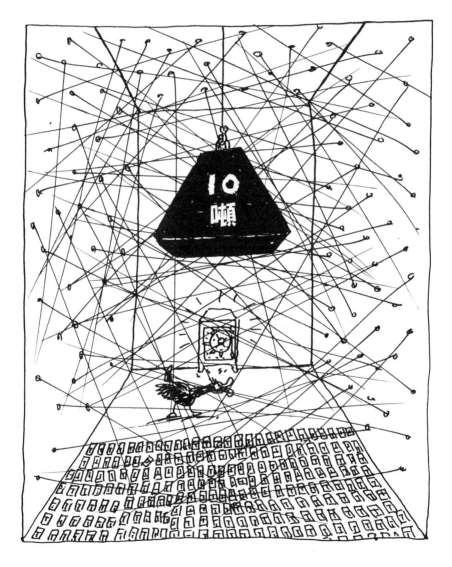

樹屋不只是我們的家，也是我們一起合作寫書的地方。
我寫故事，泰瑞畫畫。

正如你看到的，我們已經合作好一陣子了。

如果住在七十八層瘋狂樹屋裡，的確會發生一些瘋狂的事……

不過最後我們總是有辦法完成我們的書。

第 2 章

瘋狂樹屋電影版

　　如果你和我們大部分的讀者一樣，你可能會想知道我們是不是要拍一部樹屋電影。這個嘛⋯⋯你知道嗎？我們現在正在拍呢！

我們已經有燈光……

攝影機……

背面寫了我們名字的導演椅……

還有一位名叫「大導演先生」的好萊塢大導演
負責導片……

「卡!」大導演先生吼道:「太無趣了!」

「但是我一向如此開始一本書。」我説。

「這不是書！」大導演先生透過擴音器咆哮：「這是
電影！」

「我知道啊。」我說：「我知道而且你也知道，但我只是向讀者解釋……」

「讀者？」大導演先生咆哮：「我才不在乎讀者！我拍電影是為了影迷，他們要的是動作、刺激、緊張，才不是說個不停！等等，你是誰啊？」

「我是安迪，」我說：「我是這本書的敘述者。」

「敘述者？」大導演先生說：「我們不需要敘述者。」

「但我也是主角之一。」

「嗯……」大導演先生皺著眉頭：「另一個傢伙呢？滿頭捲髮又搞笑的那個。他在哪裡？」

「說人人到。」我回答時，泰瑞正衝進布景，褲子還著火了。

泰瑞褲子著火衝進布景的那一天

「快讓開！」泰瑞邊説邊跑進我和大導演先生之間。
他衝到平台盡頭一躍而下。

「他剛剛是不是跳進鯊魚池？」大導演先生説。

「對。」我嘆了口氣：「這位就是泰瑞。」

我們探出邊緣往下看。

「你還好嗎？」大導演先生叫道。

「褲子滅火了，現在好多啦。」泰瑞說。

「但是你現在在一個都是食人鯊的水缸裡！」大導演先生說。

「媽呀！」泰瑞說：「我以為我跳進游泳池！」

泰瑞游到水缸邊試圖爬出來。他游得很快，但其中一隻鯊魚更快。牠破浪而出，就在泰瑞後面……

張開牠的血盆大口，

一口咬下泰瑞剛烤得香噴噴的屁股……

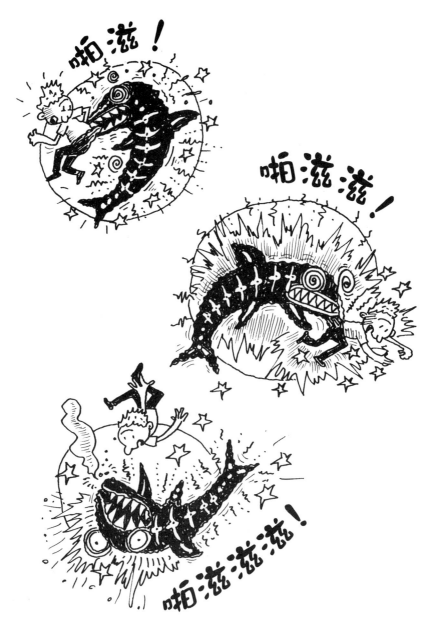

電暈的鯊魚用力吐出泰瑞。他飛到空中，以狗吃屎的姿態降落在平台上，摔在我們面前。

「剛剛……真是……電光石火、驚險刺激！」大導演
先生說：「來，讓我拉你一把。」

　他彎下腰抓住泰瑞的手。

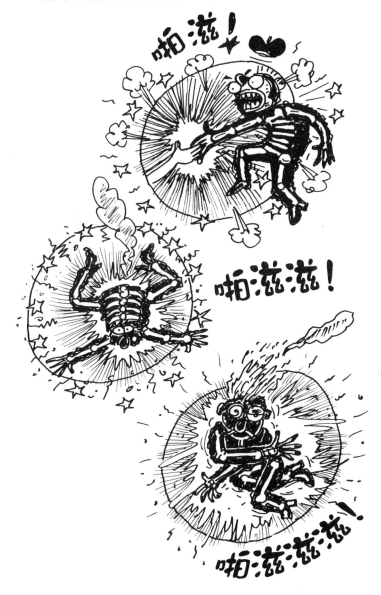

觸電反應轟得大導演先生向後飛出去，撞上一名攝影人員，接著摔到地上。

「抱歉。」泰瑞說：「我一定是被電角獸化了。」
「電什麼化？」大導演先生說。

「這個嘛，」泰瑞說：「我用動物組合機混合電鰻和獨角獸，

做出一隻電角獸⋯⋯

但接著電角獸的角射出一道閃電，

擊中我的褲子後面，

然後就著火了。」

大導演先生瘋狂大笑。

「有什麼好笑的？」泰瑞說。

「你啊，」大導演先生說：「你就是一個超級大笑點！這實在太適合當作電影開頭了！」

「但一向是我負責開頭啊！」我說

「是啊，書的開頭。」大導演先生接著說：「但這可不是書……這是電影！泰瑞要變成大明星了！」

「我？」泰瑞說：「電影明星？」

「他？」我說：「電影明星？那我呢？」

「我已經跟你說過了，」大導演先生說：「我們不需要敘述者。」

他將注意力轉回泰瑞身上：「電角獸還在嗎？」

「還在吧，我想。」泰瑞回答。

「那我們還等什麼？」大導演先生說：「除了安迪以外，大家一起來，我們來拍下這個精采的故事吧！」

第 3 章

轉啊轉啊轉

很好。

大導演先生的電影沒我的份。我才不在乎呢！

我又不是沒有更重要的事情可以做。

例如那顆未孵化的巨蛋，牠可不會自己孵化。

我最好現在就去坐在上面孵蛋。

我才不在意呢。

這工作非常重要。

比拍什麼蠢電影重要多了。

等等。

一個奇怪的聲音。

聽起來有點像吉兒和她的星際太空動物救援隊剛飛進地球的大氣。

正是吉兒和她的星際太空動物救援隊！

　　「嗨，安迪。」吉兒說：「我剛從月球回來。我必須救援幾隻老鼠，牠們的火箭在進行找乳酪任務時墜毀了。不管我說過幾百次『月球不是乳酪做的』好像都沒有用，牠們就是不聽！」

月球上沒有乳酪！

喔！

老鼠太空船

「是啊，這個嘛，我也正在進行滿重要的工作。」我說：「我正在幫忙孵化這顆未孵化的巨蛋。」

「真是太棒了！」吉兒說：「我等不及看看會孵出什麼了！」

「我也是。」我說。

「泰瑞呢？」吉兒問。

老鼠

「他和電影拍攝團隊在一起。他們正在拍一部瘋狂樹屋電影。」

「哇！」吉兒說：「你怎麼沒跟他們一起呢？」

我嘆了口氣：「好萊塢的『大導演先生』說他不需要敘述者。」

「這在電影裡面是不是叫做旁白？」

「是啊，但不管叫什麼，大導演先生都不想要。」

「真是太遺憾了。」吉兒說：「但電影耶……好刺激喔！」

「應該吧。」我說：「如果你喜歡電角獸的話，的確很刺激。」

「電角獸？」吉兒問。

「對啊。」我說：「泰瑞用動物組合機混合電鰻和獨角獸。他們正在拍攝這個情節。」

「這個我非看不可！」吉兒說：「安迪，祝你孵未孵化的巨蛋順利。」

「吉兒，謝了。」我回答，但是她沒有聽見。她已經
走遠了。

　　算了。我會讓他們瞧瞧。

　　不管什麼時候，未孵化的巨蛋都比那隻笨電角獸刺激
多了……我是説，它現在隨時都可能孵化……只需要等
待……

孵蛋最棒了！

孵蛋最刺激了！

孵蛋最……

ZZZZZZZZZZZZZZZZZZZZZZZZZZZZZZZZZZZZZZZZZZZZZZZZZZZZZZZZZZZZZZZZZZZZZZ

ZZZZZZZZZZZZZZZZZZZZZZZZZZZZZZZZZZZZZZZZZZZZZZZZZZZZZZZZZZZZZZZZZZZZZZ

ZZZZZZZZZZZZZZZZZZZZZZZZZZZZZZZZZZZZZZZZZZZZZZZZZZZZZZZZZZZZZZZZZZZZZZ

ZZZZZZZZZZZZZZZZZZZZZZZZZZZZZZZZZZZZZZZZZZZZZZZZZZZZZZZZZZZZZZZZZZZZZZ

ZZZZZZZZZZZZZZZZZZZZZZZZZZZZZZZZZZZZZZZZZZZZZZZZZZZZZZZZZZZZZZZZZZZZZZ

ZZZZZZZZZZZZZZZZZZZZZZZZZZZZZZZZZZZZZZZZZZZZZZZZZZZZZZZZZZZZZZZZZZZZZZ

ZZZZZZZZZZZZZZZZZZZZZZZZZZZZZZZZZZZZZZZZZZZZZZZZZZZZZZZZZZZZZZZZZZZZZZ

ZZZZZZZZZZZZZZZZZZZZZZZZZZZZZZZZZZZZZZZZZZZZZZZZZZZZZZZZZZZZZZZZZZZZZZ

ZZZZZZZZZZZZZZZZZZZZZZZZZZZZZZZZZZZZZZZZZZZZZZZZZZZZZZZZZZZZZZZZZZZZZZ

ZZZZZZZZZZZZZZZZZZZZZZZZZZZZZZZZZZZZZZZZZZZZZZZZZZZZZZZZZZZZZZZZZZZZZZ

ZZZZZZZZZZZZZZZZZZZZZZZZZZZZZZZZZZZZZZZZZZZZZZZZZZZZZZZZZZZZZZZZZZZZZZ

ZZZZZZZZZZZZZZZZZZZZZZZZZZZZZZZZZZZZZZZZZZZZZZZZZZZZZZZZZZZZZZZZZZZZZZ

ZZZZZZZZZZZZZZZZZZZZZZZZZZZZZZZZZZZZZZZZZZZZZZZZZZZZZZZZZZZZZZZZZZZZZZ

ZZZZZZZZZZZZZZZZZZZZZZZZZZZZZZZZZZZZZZZZZZZZZZZZZZZZZZZZZZZZZZZZZZZZZZ

ZZZZZZZZZZZZZZZZZZZZZZZZZZZZZZZZZZZZZZZZZZZZZZZZZZZZZZZZZZZZZZZZZZZZZZ

ZZZZZZZZZZZZZZZZZZZZZZZZZZZZZZZZZZZZZZZZZZZZZZZZZZZZZZZZZZZZZZZZZZZZZZ

ZZZZZZZZZZZZZZZZZZZZZZZZZZZZZZZZZZZZZZZZZZZZZZZZZZZZZZZZZZZZZZZZZ
ZZZZZZZZZZZZZZZZZZZZZZZZZZZZZZZZZZZZZZZZZZZZZZZZZZZZZZZZZZZZZZZZZ
ZZZZZZZZZZZZZZZZZZZZZZZZZZZZZZZZZZZZZZZZZZZZZZZZZZZZZZZZZZZZZZZZZ
ZZZZZZZZZZZZZZZZZZZZZZZZZZZZZZZZZZZZZZZZZZZZZZZZZZZZZZZZZZZZZZZZZ
ZZZZZZZZZZZZZZZZZZZZZZZZZZZZZZZZZZZZZZZZZZZZZZZZZZZZZZZZZZZZZZZZZ
ZZZZZZZZZZZZZZZZZZZZZZZZZZZZZZZZZZZZZZZZZZZZZZZZZZZZZZZZZZZZZZZZZ
ZZZZZZZZZZZZZZZZZZZZZZZZZZZZZZZZZZZZZZZZZZZZZZZZZZZZZZZZZZZZZZZZZ

噢……我一定是打瞌睡了……是視訊電話。我最好接電話，或許是大鼻子先生。

「嗨，大鼻子先生。」我說：「我想你是為了書而打來。」

「書？」大鼻子先生說：「不是，我打來是想知道電影進行得如何。」

「這個嘛⋯⋯」我說：「我不知道電影會不會和我希望的一樣賣座⋯⋯」

「你在開玩笑嗎？」大鼻子先生說：「我為大鼻子出版社花了大把銀子置入性行銷，你最好讓電影大賣！」

　「這些廣告讓我感覺是很不自在。」我説，但是大鼻子先生已經掛掉電話。

「你怎麼還在這裡？」大導演先生邊爬上我的樓層邊說道：「你沒家可以回嗎？」

　　「樹屋就是我的家。」我說：「我住在這裡。」
　　「那你讓一讓。」大導演先生說：「我們準備拍攝泰瑞將一隻貓塗成黃色，把牠變成金絲貓的那一幕。」

「但是當時我也在場！」我說：「我也在故事裡！那時我試著阻止他！」

「這個嘛，我們不要這部分，你們說是不是？」大導演先生說：「我認為來看電影的人絕對會想看飛天貓，麻煩你離布景遠一點。」

「但是……」我說：「泰瑞！你跟他說！」

泰瑞聳了聳肩：「抱歉，安迪，但這不是我能決定的，畢竟大導演先生才是導演……」

一行人浩浩蕩蕩的朝觀測板走去。

很好。

拍攝這一幕，還排除我。

以為我很在乎嗎？

我不只要幫忙孵出這顆未孵化的巨蛋，還要轉動七十八個盤子！

你知道，盤子不會自己轉的。

而且轉盤子好好玩。比孵一顆未孵化的巨蛋還好玩。

我來的似乎正是時候。有幾個盤子已經轉得歪七扭八，幾乎要從竿子上掉下來了。

我馬上就來處理……

轉……
轉……
轉……
轉……
轉……
轉……
轉……
轉……
轉……
轉……
轉……
轉……
轉……
轉……
轉……
轉……
轉……
轉……

轉……
　轉……
　　轉……
　　　轉……
　　　　轉……
　　　　轉……
　　　　　轉……
　　　　　轉……
　　　　轉……
　　　轉……
　　轉……
　轉……
轉……
轉……
　轉……
　　轉……
　　　轉……
　　　　轉……
　　　　轉……
　　　　　轉……
　　　　　轉……
　　　　　轉……
　　　　轉……
　　　轉……
　　轉……
　轉……
轉……

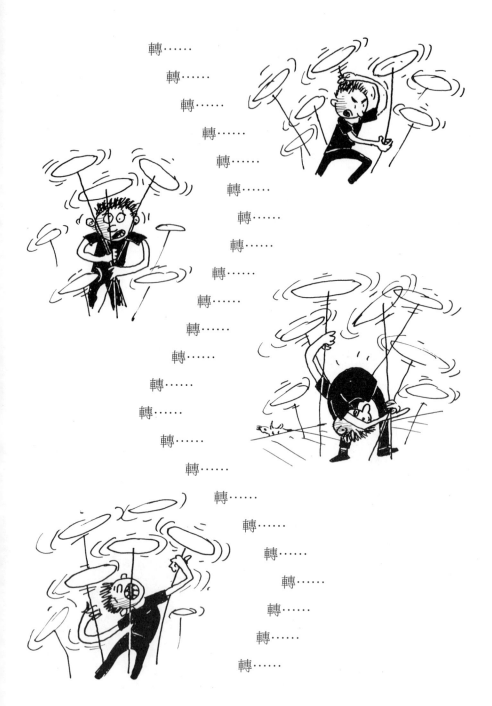

知道我的意思了吧？

不管什麼時候，轉盤子都比拍攝老掉牙的無聊電影有趣多了。

喔喔……

我想我可能轉得有點太用力了……

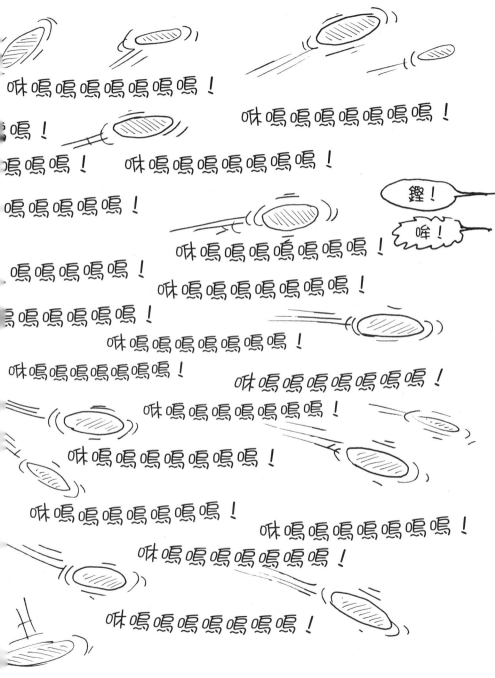

「救命啊！」泰瑞大叫：「火星人來了！飛碟來襲！！」

「這不是飛碟。」吉兒說：「是盤子！」

「卡！」大導演先生大吼：「拍攝現場禁止扔擲盤子！」

「抱歉。」我說。

「你應該要小心一點。」吉兒說：「其中一個盤子差點打到絲絲！」

「這是意外！」我說：「我只是轉得有一點點太用力，然後它們就從竿子上飛出去了！」

「算你走運，反正我們剛好拍完這一幕。」大導演先生說：「現在我們要拍攝鯊魚吃掉泰瑞內褲的那一刻。」

鯊魚的夢想
↓

「但是再來一次對鯊魚太殘忍了。」我說：「牠們吃了內褲後生了一場大病！」

「安迪，沒關係的。」吉兒說：「只是假裝而已。這些不是真的內褲，而是用魚漿做的道具內褲，對鯊魚而言就像點心。牠們對於能在電影中露面興奮得不得了呢！」

混音師

鯊語者

89

「安迪，請你現在趕快離開。」大導演先生拍拍我的頭說：「這樣才是乖寶寶敘述者。」

「你不能整部電影都不拍我！」我說：「我也在場！我也是故事的一部分啊！」

「我們不會不拍你。」大導演先生說：「我們找來周猩猩飾演你。」

「周星馳？」我說：「他不會有點老嗎？」

「不是周星馳。」大導演先生說：「是周猩猩。你看，牠來了！」

「牠是猴子耶！」我說。

「牠可不是猴子。」大導演先生說：「看清楚，牠是長臂猿，也是當今電影圈最炙手可熱的年輕靈長類。而且牠是為了花生工作 —— 真正的花生喔！」

「我可以免費工作！」我說：「而且我飾演的安迪一定比某隻猴子更有說服力。仔細看了！」

「嗨，我的名字叫安迪

……這是我朋友泰瑞

……我們住在樹上

……這個嘛，當我說『樹』……」

「我到底要跟你說多少次？」大導演先生說：「我們不需要敘述者！」

「我不是在敘述。」我說：「我正在飾演敘述者！」

「我覺得聽起來很像敘述。」大導演先生說。

「我也覺得。」泰瑞說。

「安迪，你演的安迪很好。」吉兒説：「但是我覺得周猩猩更好。牠更有説服力。」

「對啊，而且更有趣。」泰瑞説。

「但你討厭猴子啊。」我説。

「我知道我討厭猴子。」泰瑞回答：「但是周猩猩不是猴子，他是長臂猿。」

「太荒謬了。」我搖頭說：「真是太離譜了。」

周猩猩走向我。

「聽著，」牠用低沉的聲音説道：「我了解你的憤怒。如果這樣説能讓你好過點，其實我的難過不下於你。我本來希望能飾演泰瑞。就讓我們專業一點，公事公辦，好嗎？」

「專業？」我說：「身為專業小偷就是你唯一專業的部分。你偷走我在電影裡的角色！」

「我沒有偷走你的角色，我是導演指定的。」周猩猩說。

「隨便！」我跺腳離開：「如果有人想要真正的我，我會在塗鴉館。」

想當然沒人理我。他們全都忙著拍那部蠢電影。

第 4 章

塗鴉塗鴉塗

　　我不知道你怎麼想，但對我來說，塗鴉能讓我忘記一
切煩惱，比拍電影有趣多了。

而且最棒的是，塗鴉非常簡單！只要有支能塗鴉的
筆……

還有一座塗鴉館……

就能放手亂畫塗鴉！

塗鴉……

塗鴉個不停……

再塗鴉……

繼續塗鴉……

塗鴉個不停……

透明玻璃牆

然後塗鴉！　　　更多塗鴉！　　　繼續塗鴉！

不斷塗鴉！　　　再塗鴉！　　　然後塗鴉！

繼續塗鴉！　　　更多塗鴉！　　　不斷塗鴉！

天竺鼠

然後塗鴉！ 更多塗鴉！ 繼續塗鴉！

不斷塗鴉！ 再塗鴉！ 然後塗鴉！

繼續塗鴉！ 更多塗鴉！ 不斷塗鴉！

糟糕……

還記得我說過塗鴉真的很簡單嗎？

不過我忘了說，塗鴉也能搞得一團亂。

尤其是當你畫了太多塗鴉害得塗鴉館爆炸，導致塗鴉散布到樹屋每個角落。

「卡！卡！卡！」大導演先生高聲怒吼：「是誰在布景上塗鴉？」

「不是我。」泰瑞説。
「不是我。」周猩猩説。
「也不是我。」吉兒説。

「各位，我很抱歉。」我說：「這是意外。」

周猩猩哼了一聲：「最好是。你是故意的。」

「猴崽子，去吃香蕉吧！」我對著牠大吼。

周猩猩放聲大哭，泰瑞和吉兒急忙跑到牠身邊安慰牠。

「安迪！」吉兒說：「你真的需要冷靜一下。我知道你很生氣，但對猴子……我是說長臂猿，發脾氣，這真的無法原諒。」

「很抱歉我對猴子這麼凶。」我說：「但我沒有故意到處塗鴉。我只是有點失控了。」

「安迪，我很想相信你。」吉兒說：「可是我覺得你不但沒風度……更糟的是，你還是個不及格的朋友！這可是泰瑞的大突破，你就不能為他高興嗎？」

「我很為他高興，」我說：「而且我也努力當個好朋友，但是對我來說他並不是個好朋友。他忙著成為電影大明星。接下來他可能就拋下一切到好萊塢去，把我一個人留在這裡。」

「我不認為泰瑞會這麼做。」吉兒說。

「做什麼？」泰瑞問道。

「拋下一切去好萊塢，把安迪一個人丟在這裡。」

「當然不會！」泰瑞説：「你可以和我一起來，安迪。我需要有人幫我提行李。你可以當我的管家啊！」

「管家？」我説。

「拍片中請保持安靜！」大導演先生説。

「管家？！」我重複一遍，只是這次更大聲。

真不敢相信他竟然提議我當他的管家。

「我説安靜，聽到了沒有！」大導演先生大吼。

「管家？！」

我又重複一遍，比之前更大聲。

「我才不想當你的白痴管家呢！」

「好！夠了！」大導演先生說：「我受夠你亂丟盤子、到處塗鴉，還大吼大叫了。禁止你踏入布景！」

「樹屋才不是『布景』！」我説：「這裡是我家。而且像你這樣的霸道大老粗才沒資格把我踢出我家。」

「我當然有資格。」大導演先生説：「看好了！」

他拎起我，一腳將我踢出樹屋。

第 5 章

活死水之日

這就是我現在的處境。

被踢出自己的家園。

坐在一灘死水裡。

對，沒錯。我掉在一灘死水裡。

這還不是最糟糕的，死水竟然越來越大。

越來越大。

越來越大。

越來越大！

糟糕，這不是一灘普通的死水。這是那種，會越來越大、越來越大、越來越大、越來越大，直到淹沒全世界的死水……

上圖：畫家描繪死水如何將地球變成一灘死水。

不過別怕……泰瑞和我除了合作寫書，也是全世界最厲害的死水戰士二人組。

120

我們是所有死水的終極夢魘。泰瑞用力踏死水，我負責用吸管吸乾它們。《吸吸慘與踏踏死》……（想到這裡，我們的故事可是能拍成一部精采的電影呢！）

但現在不是幻想電影的時候了。

這可是現實世界。我必須祕密送出死水剋星的訊息，讓二人組重新合體！

「踏踏死！」我大叫。

「踏踏死！」

「踏踏死！」

「沒用的。」死水說：「任何事情都無法阻止我淹沒你的樹屋！」

「是嗎？」我脫下T恤，表明死水戰士的祕密身分：「那你選錯對手了！我就是吸吸慘！」

「你的確慘兮兮。」死水冷笑：「馬上要被修理得慘兮兮！」

「不是！」我說：「是吸吸慘。」

我從背後的筒袋取出一根超大尺寸吸管，對著死水耍得虎虎生風。

「你才沒辦法活生生吸乾我！」死水說。

「那是你以為！」我說。

我將吸管放入口中，然後彎下腰。

「你休想！」死水説。

它如巨浪般高高湧起，一蓋而下撲向我。

我一次又一次被沖倒，吸管是我唯一的浮木……

死水給我來個鎖喉，

不過下一秒換我給死水來個鎖喉。

「你完蛋了！」我説。我把吸管插入死水，開始吸……

再吸……

不停吸⋯⋯

努力吸⋯⋯

繼續吸……

不斷吸……

加把勁吸……

一直吸。

然後，死水開始縮小……

縮小……

不斷縮小……

持續縮小……

我只好繼續吸……

用力吸……

還在吸……

不停吸……

直到死水終於變成一灘咖啡色爛泥。

　　要是大導演先生拍下這一幕就好了！拍出來的電影一
定比泰瑞假裝的故事重現好太多。

等等。

或許他剛剛拍下來了！

或許大導演先生故意設計了整件事，好祕密的拍下一切。

我環顧四周，但是除了幾隻一臉蠢樣的牛，什麼都沒有。

無所謂。

其實我現在沒辦法思考這件事，因為我遇到了更棘手的問題。

讀者們，請容我失陪片刻。

可能需要好長一刻。別客氣，儘管翻到下一章吧，我會在那裡和你們碰面。

第6章

安迪國的麻煩

啊，舒服多了。

感謝你們的等待。

剛剛說到哪裡？

我瞧瞧……啊，好的，我想起來了。

大導演先生把我踢出樹屋⋯⋯

我掉到一灘死水裡⋯⋯接著我們大戰一場⋯⋯我吸乾了它⋯⋯然後我得上廁所。

現在呢？

我還能去哪裡？

我不能跟泰瑞一起玩了，他現在忙著當好萊塢的大明星。

我也不能跟吉兒玩了，她現在忙著管理拍電影的動物們。

等等，我知道我可以和誰玩⋯⋯一大群世界上最風趣、最聰明、最帥的傢伙。沒錯，你猜對了，我要前往⋯⋯

安迪國！我在那裡會交到很多朋友，因為所有的人都是我！如看板所示，這是全世界最安迪的地方。

「嗨，安迪！」我對看守大門的安迪說。

「來者何人？」他說。

「是我啊。」我回答。

「誰？」

「安迪啊！」

「我可能要查看身分證明文件。」他說。

「你只要看我的臉就夠了呀！」我說：「我長得和你一模一樣。」

他聳了聳肩：「我知道，但是我們非常謹慎。前陣子有幾頭牛扮成安迪，試圖偷溜進來。」

「牛？」我說。

「對啊。」警衛搖頭說道：「真想不到。不過別擔心，我們已經逮到牠們，擠光牠們的乳汁並遣返了。」

「哇，我從來不知道牛這麼鬼鬼祟祟。」我説。

「沒錯。」警衛説：「因此我需要證據，證明你是真正的、非假扮的安迪。」

「什麼樣的證據？」

「唔……讓我想想。」他摸著下巴問道：「二加二等於？」

糟糕！我連按照正確順序從一數到十都是個問題。要我計算如此難的加法題目，一點答對的希望也沒有。

　　「呃，啊，唔……」我結結巴巴的：「唔，呃，呃呃，呃呃呃，唔，唔唔唔，啊，唔，呃呃，唔，啊，噫，啊……我不知道。」

　　「我也不知道。」安迪警衛說。

　　「安迪，恭喜你，你通過測試了！現在你可以進入了。」

　　「安迪，謝啦！」我說著走過大門。

「嗨，安迪！」一大群正朝我走來的安迪喊道。

「嗨，安迪們！」我也向他們喊：「你們好嗎？」

「你最好了！」安迪們説著，一邊將我扛上他們的肩膀，朝主要大街前進。

我真是愛死安迪國了。

越來越多歡呼的安迪湧入大街，直到安迪多到我們再也無法前進。

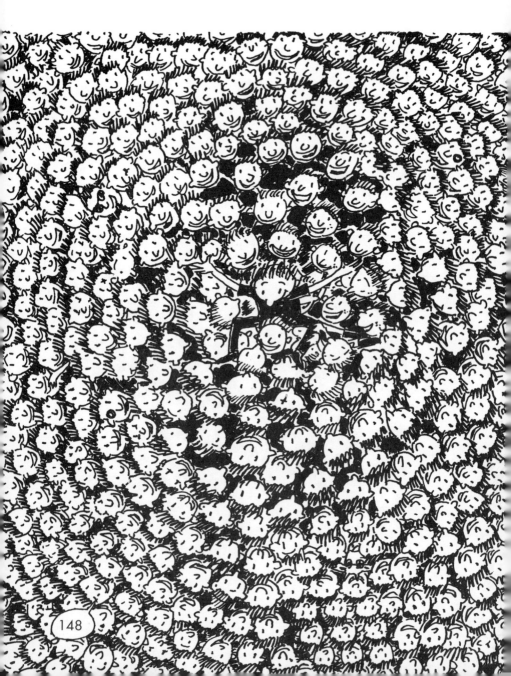

他們讚頌著我的名字。

「安—迪！安—迪！安—迪！」

（或者他們只是在讚頌自己的名字？看著這些安迪，我其實無法確定。他們有點情緒亢奮。）

讚頌聲越來越大。是對他們說話的時候了。

安迪們將我放到地面上。接著他們開始將自己疊成金字塔，並幫助我爬上去。

眾人間響起一陣歡呼。

「各位安迪，請安靜。」我說。

但他們並沒有安靜下來。他們越來越大聲。越來越大聲。越來越大聲。

「各位安迪！」我大吼：「閉嘴！」

「不！」他們吼道：「你才閉嘴！」

「不！」我吼回去：「你們才閉嘴！」

「不！你才閉嘴！」他們吼回來。

「不！你們才閉嘴！」我又吼！

「不！你才閉嘴！」他們又吼回來。

「不！」我用盡全身力氣大吼：「你們才比你們說的無限多次閉嘴！」

安迪們一片安靜。你不得不佩服我：我絕對知道該怎麼讓自己閉嘴。

「謝謝你們。」我說：「也謝謝這場遊行。我最愛遊行了。」

「我們知道！」他們齊聲喊道。

「很高興知道能夠指望像你們這樣的安迪們，幫助我打起精神。」

「我們知道！」他們再度喊道。

「那麼你們一定很樂意聽到我將要留在安迪國，直到他們結束拍攝瘋狂樹屋電影為止。」

安迪們驚訝的倒抽一口氣。「瘋狂樹屋要拍成電影？」他們說。

「沒錯。」我說：「但……」

「太棒了！」安迪們大叫：「瘋狂樹屋電影耶！我們要成為電影明星了！我們要出名啦！」

「等等。」我高聲喊道：「在你們亢奮過頭之前，有件事情必須知道：我們不會出現在電影裡。我們被一隻猴子取代了，泰瑞才是大明星。」

安迪們再度倒抽一口氣：「泰瑞是大明星？」

「對啊。」我聳聳肩：「我和你們一樣驚訝。他才沒那麼風趣。」

「不，他很風趣！」安迪們說：「泰瑞超級風趣！我們最愛泰瑞了！」

「不，我們才不愛他。」我說。

「不，我們最愛他！」安迪們大喊：「泰瑞最酷了！」

「才不。」我說：「他才不酷！」

「不，他最酷！」安迪們說：「比你說的還要無限多倍酷！」

可惡！他們打敗我了，但是，嘿，誰能怪他們呢？他們可是跟大師學的。

「好吧，算你們贏。」我說：「但是這也改變不了我們不在電影裡的事實。」

「誰在乎啊？」他們大喊：「反正我們最愛泰瑞。我們去看拍片現場吧！」

「真不巧。」我說：「我們被禁止靠近布景。」

但是安迪們完全不理我。他們忙著將通往大門的安迪街擠得水洩不通。

「不准走！」我大叫：「等一下！回來！你們應該站在我這邊的！」

「我們是呀。」他們接二連三的跑過我面前，說道：「但是我們更喜歡泰瑞。抱歉啦！」

安迪們從安迪國一擁而出……

攀上梯子……

接著爬上觀測板，大導演先生正在那裡拍攝泰瑞包在灌滿打嗝空氣泡泡糖的泡泡裡那一幕。

「嘿！」大導演先生大叫：「安迪們不准進入布景！」

但是安迪們不理會大導
演先生。他們繼續爬⋯⋯
繼續爬⋯⋯繼續爬⋯⋯

周猩猩猛力揮桿，將高爾夫球朝安迪們打去，試圖擊退他們，但是安迪太多……而高爾夫球太少。

測板上超載太多安迪，岌岌可危的搖晃。

「放棄布景！」大導演先生大叫：「放棄布景！」

但是一切都太遲了。「啪」的一聲巨響……觀測板斷
成兩截，我們全部都摔到下方的森林中。

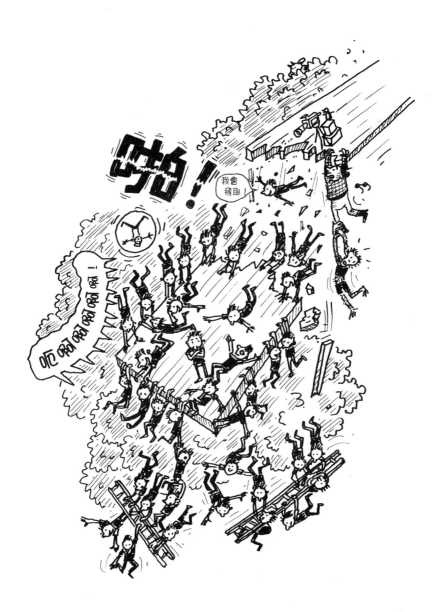

第 7 章

間諜牛的陰謀

安迪們通通亂七八糟摔成一團……

我卻倒栽蔥掉進附近一棵扎人的灌木。安迪們哼哼唧唧，大吼大叫，試著從混亂中脫身。其中幾個安迪在生氣。

幾個安迪在笑，還有幾個哭了。完全可以理解。畢竟他們……我們……都摔得很慘。

大導演先生從安迪堆下爬出來，站在他們面前雙手叉腰，質問道：「你們這群小丑，哪個才是真正的安迪？」

　　「我！」他們全部大聲喊道：「我！」

「讓我換個方式問吧。」大導演先生捲起袖子，咆哮道：「沒人可以破壞我的布景還能全身而退。你們哪個人想先上西天啊？」

「不是我！」安迪們大喊：「不是我！」

我知道此時此刻我應該從藏身處站出來，解救安迪們，但是，嘿，我愛惜生命不輸他們。再説，這也是他們自己的錯。我是説，我曾經試著阻止他們。

「我認為他們全都不是真正的安迪。」吉兒仔細研究安迪複製人，說道：「我很了解他。這些安迪看來都不太對勁。」

「那麼他在哪裡？」大導演先生說。

「大概躲起來了。」周猩猩說：「很顯然是他唆使安迪們擾亂拍片。讓這群傻呼呼的複製人代勞你的下流計畫，手段真低級……完全不意外他是這種人。」

「如果他還敢在附近露臉，他會知道我是哪一種人。」大導演先生從安迪堆中拉出他的攝影機和攝影師：「快點，你們這些傢伙。」他鬼吼鬼叫：「我們得重建觀測板，讓電影重新上軌道。快走！」

大導演先生和拍片小組離去時，其中一個安迪轉向泰瑞說道：「很抱歉打擾你的電影拍攝，但這不完全是我們的錯，你建造的觀測板實在很糟糕。」

「才不是我的錯呢！」泰瑞說：「觀測板的設計本來就無法乘載這麼多安迪。你們全部跑出安迪國，這都是安迪的錯。」

我很想大叫：「我才沒有讓他們跑出來！我試圖阻止他們，但他們不聽！」但是如此一來，我的藏身處就會曝光。經過審慎考慮，此時此刻我這個安迪乖乖躲著才是上策。

「走吧，安迪們。」其中一個安迪說：「我們回安迪國吧，那裡好玩多了。還有泰瑞，如果你見到安迪，可以請你告訴他最好暫時不要造訪我們嗎？我想我們彼此暫時分開一下比較好。」

「當然。」泰瑞說：「我完全明白你們的感受。」

說完，安迪們腳步蹣跚、一跛一跛的踏上往安迪國的歸途。

「可憐的安迪。」吉兒説：「他一定是氣極了才會做出這種事。泰瑞，或許你應該去找他，告訴他你不生他的氣。」

　　「但是我生他的氣啊。」泰瑞説：「只因為他不在電影裡，就想害大家也沒電影可拍。」

　　「我知道表面上看起來如此。」在回樹屋的路上，吉兒對泰瑞和周猩猩説：「不過或許故事有另一面。我想我們不該相信那些安迪説的每件事情。」

　　「或者也不該相信真正的安迪對我們説的任何事情。」周猩猩説。

正當我爬出扎人的灌木時，我聽見一些聲音。有一些哼哼聲，還有絕不可能錯認的反芻聲。

空地的另一頭，從森林中走出兩個穿著風衣的身影。他們手中握著麥克風和攝影器材。實在很詭異……因為他們是牛。

我悄悄接近他們，想知道他們在玩什麼把戲。由於全身扎滿灌木的刺，我的偽裝還算不錯……我只需要找樣東西遮住我的頭。

我環顧四周。但放眼所見，只有一堆乾掉的牛大便。噁心極了……但也完美極了！我拿起一坨牛大便放在頭上，朝牛匍匐前進。

接近他們後，我聽見其中一頭牛哞道：「這些笨蛋人類，一點都沒有察覺到。」

「沒錯。」另一頭牛回哞：「他們渾然不知我們透過像我們倆一樣的間諜牛，滲透他們的樹屋，一幕幕竊取他們的電影，拍攝自己的牛電影。這麼多年來，人類一直在壓榨我們的乳汁，現在換我們壓榨他們的⋯⋯腦汁！他們等著瞧吧！」

其中一頭間諜牛對著蹄中的對講機，悄聲哼道：「全體竊取電影點子的間諜牛，注意！拍攝小組、導演和演員正在回樹屋的路上。保持警戒……還有別被發現！」

這就是他們的目的！如果世界上有什麼比竊取電影點子更令我討厭的東西，那就是竊取電影點子的間諜牛！

我必須立刻去警告大導演先生！然後他還有其他人就會了解，我並沒有試圖毀了電影。也許大導演先生會為此大受感動，重新雇用我，並讓我當主角呢！

事不宜遲！我匍匐爬過小徑來到我們的前門，趁間諜牛沒看到的時候，偷偷溜進去。

我爬上樓梯，在第一層樓探頭探腦。

「呀啊！」吉兒說：「一坨偷窺牛大便！」

「噁！」泰瑞說：「牛大便最噁心了！」

「把那坨牛大便扔出我的布景！」大導演先生咆哮道。

　　「我不是牛大便！」我說：「是我，安迪！我只是頭頂著牛大便帽子當作偽裝！我是來警告你們的，一群間諜牛正在監視你們。他們要偷走你們所有的點子，拍自己的牛電影。」

「你真的以為我們會相信如此荒謬可笑的故事嗎？」大導演先生說。

「我知道聽起來很瘋狂。」我說：「但千真萬確！我親眼看見他們！也親耳聽見了！」

「我真的不認為牛會做出這種事。」吉兒說：「他們是如此誠實又令人信賴的動物。」

「這些牛不是。」我說：「他們是間諜牛！如果你不相信我，往前頁翻你就知道了。每一頁都躲著一頭間諜牛!*」

＊此話一點都不假，每一頁都有一頭牛。有時候甚至不只一頭呢。

「你腦子壞了嗎？！」大導演先生說：「我們還要拍電影呢，沒時間檢查無聊的爛書，尤其是根本還沒寫完的書。」

「好啊！」我說：「我只是想幫忙。那就讓間諜牛偷走你們的蠢電影吧！看看我會不會在乎！」

「嘿，安迪。」周猩猩説：「如果你説的是真的，那你為什麼不參加牛電影的試鏡呢？你真是一坨非常有説服力的牛大便！」

「説得好。」泰瑞説：「你不只看起來像，聞起來也很像！」

「擊掌，我的人類好伙伴！」周猩猩高舉牠的手。
泰瑞和他擊掌，接著他們笑得滿地打滾。

「我想我要走了。」我說：「祝你和你的新朋友玩得開心，泰瑞。再見⋯⋯再也不見！」

第 8 章

我（而不是泰瑞）
著作的我的人生自傳

我用力走下樓梯，踏出前門，把牛大便帽子扔進森林。
這部電影已經和我無關了。泰瑞也是。我們之間結束了。

再說，誰需要他啊？至少我不需要。我可以自己畫插圖，而且現在我終於可以著手進行我一直想寫的自傳了。

195

我感覺到一隻手放上我的肩膀，抬頭一看。

是吉兒。

「我來看看你是不是還好。」她說。

「嗯，我很好。」

我說：「我現在很忙。我正在寫我的自傳。」

「這很棒啊，安迪。」吉兒說：「但是泰瑞不就得忙著畫插圖嗎？」

「嗯，大概吧。」我說：「但是無所謂，因為我可以自己來。你看。」

我把原稿遞給吉兒。

嗨，我的名字叫安迪。

我曾經有一個叫作泰瑞的朋友，但是他再也不是我的朋友了，因為他是個蠢阿呆。

他的新朋友是一隻叫作周猩猩的猴子，
他搶走我的電影角色

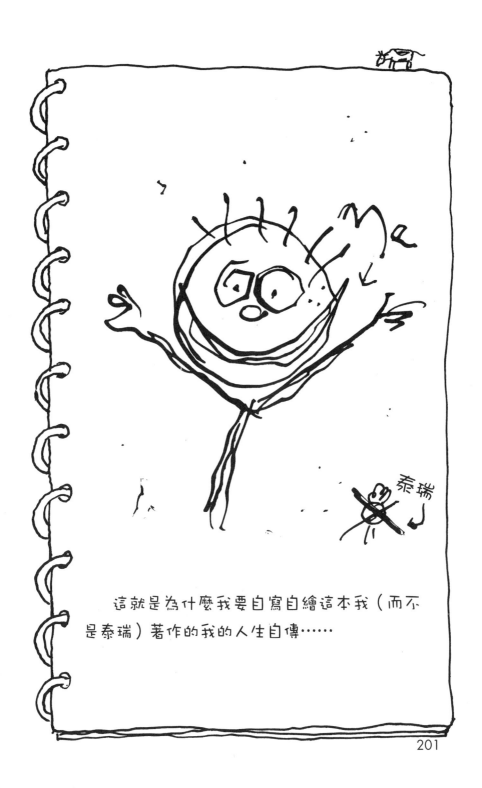

這就是為什麼我要自寫自繪這本我（而不是泰瑞）著作的我的人生自傳……

吉兒把原稿還給我。

「如何？」我問：「你覺得怎麼樣？」

「我覺得書名有點長。」她說：「而且有點令人困惑。」

「為什麼？」我說。

「這個嘛，首先，『自傳』一詞已經代表你的人生故事是你寫的，所以不需要寫『我的人生自傳』，你只是用了沒有意義的贅字。」

「但我只是想要表明這是我的人生而不是泰瑞的。」我說。

「這就是另一回事了。」吉兒說：「你說這是關於你，但其實你一直在談論泰瑞，恕我直言，這有點差勁⋯⋯也有點無聊。」

　　「嗯，我想你說的沒錯。」我說：「泰瑞真的很差勁，而且他有時候也很無聊。我會重寫。」

　　我用最快的速度寫了另一個版本，以便趕快拿給吉兒看。

　　「好些了嗎？」我問。

我（安迪）寫的我的自傳。

我的自傳要從一個月黑風高的暴風雨之夜，一間馮·啤酒斯坦邪惡博士的陰森古堡說起。

我被一陣從馮・啤酒斯坦博士的地下實驗室傳來的神秘聲響吵醒。

雖然馮‧啤酒斯坦博士嚴禁我進入他的實驗室，我還是決定去探個究竟。

靠著微弱的燭光，我一路走下老舊殘破的
階梯……

來到厚重的木頭大門前，上面寫著警語：
「警告！勿入，後果自負。」

所以我當然別無選擇，只能進去了。我推開門……撞見馮·啤酒斯坦博士最駭人的創造……

恐怖、醜陋、渾身是毛的泰瑞·馮·丹頓斯坦！

「安迪，夠了！」吉兒說：「這真是太可怕了！」

「我知道。」我說：「但非常刺激，不是嗎？」

「大概吧。」她說：「可是……自傳應該是真實的，而不是虛構的恐怖故事。你應該寫寫你人生中的真實故事。」

「嗯……」我說：「自傳比我想像的棘手多了。規矩還真多。」

「想像你正在對讀者說故事，從你人生的最初說起。」吉兒說：「沒這麼難，對吧？」

「的確。」我回答，再度提筆。

我寫了新的版本，然後拿給她。

我著作的
從我人生的
最初說起的自傳

如果你就像我大部分的讀者，或許你想知道我為什麼這麼厲害！噢，這可是個精采的故事……

起初我非常小，但每一天我都稍微長大一點。

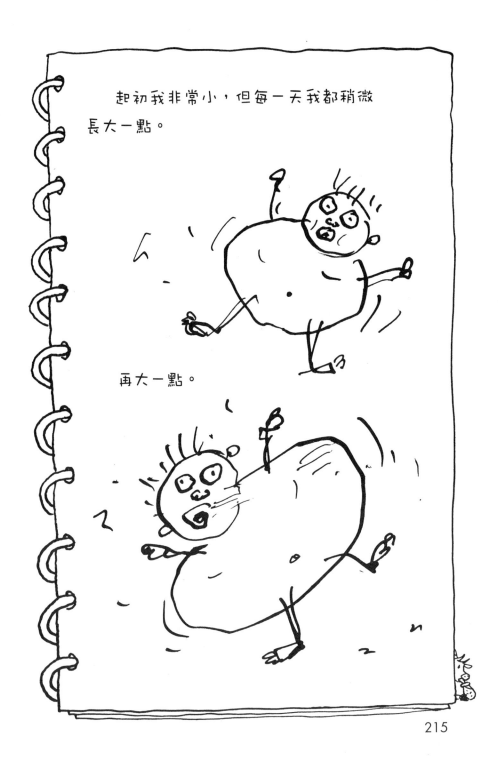

再大一點。

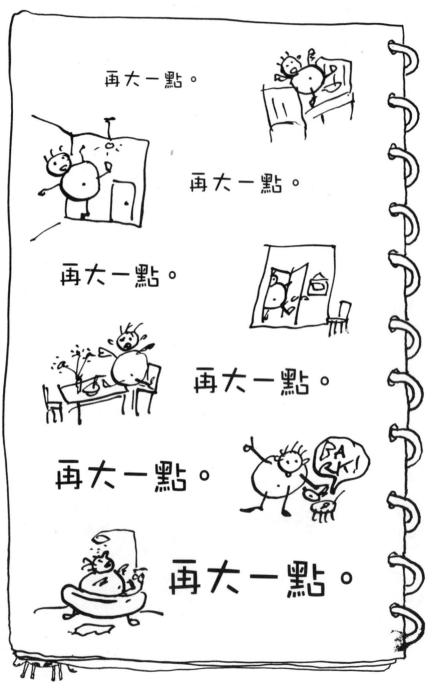

再大一點。

再大一點。

再大一點。

再大一點。

再大一點。

再大一點。

再大一點。

啵！

再大一點。

再大一點。

再大一點。

再大一點。

再大一點。

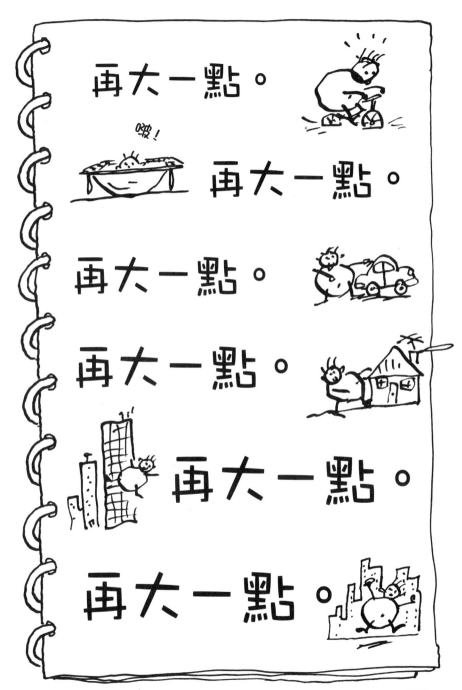

大再
一點。

大再
一點。

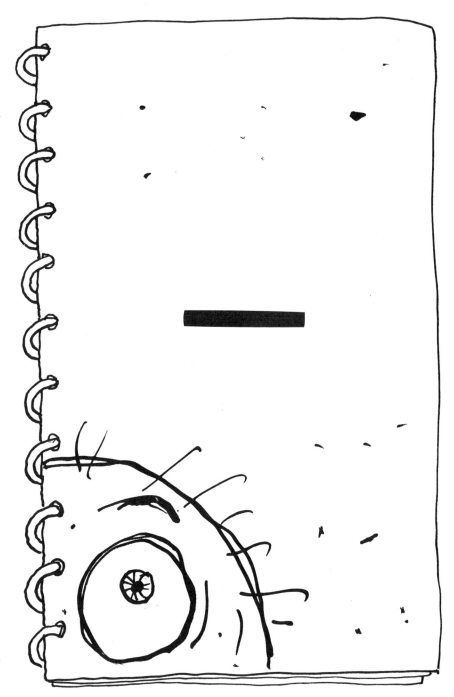

「安迪！」吉兒大吼：「不要再寫『再大一點。再大一點。再大一點。』了！」

　　「為什麼？」我說：「這是真的啊。」
　　「雖然是真的，」吉兒說：「但不太有趣。」
　　「但是我試著讓故事有趣，而且你說故事必須是真的。」
　　「你必須讓故事既真實又有趣。」吉兒說。
　　「我放棄！」我說：「寫自傳真的太困難了。」

忽然間，吉兒的口袋傳來動物的叫聲。

「安迪，不好意思。」吉兒說，邊查看她的星際太空
動物救援隊緊急呼叫器的螢幕。

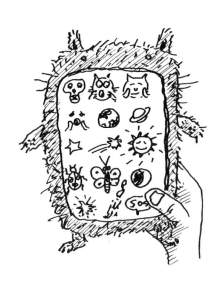

　「不好了。」她說：「不規則混亂星上有個銀星際河間太空動物的緊急狀況。一隻太空瓢蟲的房子失火了，但是她不在家，我必須立刻前往滅火。我的小隊來了！」

吉兒跳上太空貓拖行的星際太空動物救援隊太空船。

「安迪，晚點見。」她說。

「好，吉兒，晚點見。」我說，但是她沒聽見。她已
經離開了。

我孤單一人。又一次。

　　有一天終究會如此。被自己的電影開除。被一隻猴子取代。被我最好的朋友拋棄。被踢出自己的樹屋。被我的複製人們斷絕關係，還被趕出我自己的王國安迪國。

一切還不夠糟似的，現在我連寫自己的自傳都徹底失敗。失敗。失敗。失敗。失敗。失敗。

我猜現在只剩下一件事情可做。沒錯，你猜對了。我必須想起我最喜歡的勵志小語，在我心情低潮、快要撐不下去的時候，這總是能夠幫助我。現在，讓我想想，那個小語是什麼來著？我想這應該和洋芋片有關……

當洋芋片氣力用盡……

唔……

呃……

啊……

嗯……

今天過得糟糕透頂，糟糕到我想不起最喜歡的勵志小
語。

是這樣嗎？當洋芋片氣力用盡，你覺得你再也無法繼續下去，其實你知道自己已經走了一半？

不對，不是這樣。差遠了。

或許是這樣：當洋芋片氣力用盡，洋芋片仍然向前走。

比較接近了，但不對，還是哪裡怪怪的……

等等！我想起來了！

當洋芋片氣力用盡，就去吃點洋芋片。

沒錯！就是這個！

洋芋片的確力氣用盡，所以這正是我該做的！

我要去我的超高保全洋芋片儲藏室吃洋芋片！

我心情已經好多了。

第 9 章

洋芋片小偷

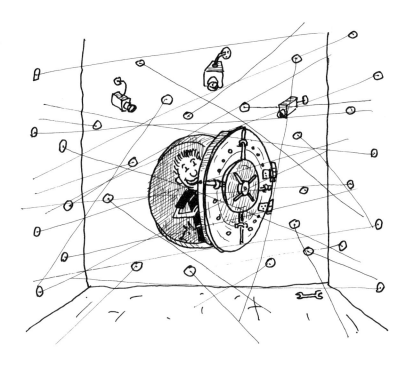

　　超高保全洋芋片儲藏室的優點是，洋芋片小偷完全無法接近你的洋芋片一步。超高保全洋芋片儲藏的缺點則是，進入頗為困難，連洋芋片的合法擁有者也不例外。

首先你必須踮著腳尖通過一千個蓄勢待發的老鼠夾但不能被夾到⋯⋯

然後你必須躲開一百道致命的雷射光束……

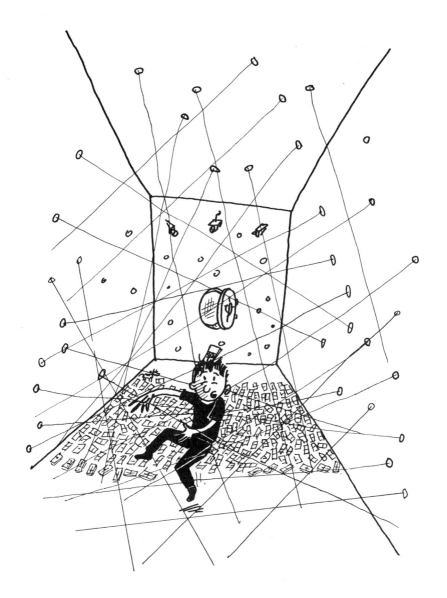

接著你要避免被十噸重的鐵塊壓死……

然後，如果你全部過關了，就必須……

如果你在幾乎沒有勝算的情況下擊敗極怒鴨，接下來就要面對有史以來最先進的保險箱，它的密碼鎖系統非常複雜，全世界只有一個人的聰明才智足以打開它（那個人就是我！）。

等等……

這不對啊！

門是開的！

有人打開我的保險箱！

那個人不是我！

我心愛的洋芋片！

有人偷了我心愛美味的洋芋片！

噢，等等。不，他們沒有打開。包裝還在。
也許我上次忘記鎖門了。哎呀。

怪了，袋子裡只剩下一片。我以為剩下更多呢。

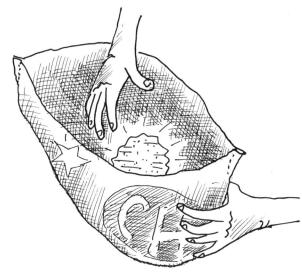

我拿出最後一片洋芋片，一口咬下。嗯……美味一如往常！

才怪……嘗起來像厚紙板！呸！

因為這就是厚紙板！有人（也許是泰瑞）偷溜進來，打開我的保險櫃，偷走我的洋芋片，還放了一片厚紙板做的假貨，以為我不會發現。

真是不敢相信……泰瑞這個洋芋片小偷偷走了我的洋芋片！這代表戰爭！不過首先，來段怒氣沖沖的宣言吧……而且要押韻！

曾有一友名泰瑞
彼此信賴不可催
怎知曾有這一天
歡笑時光不再見

信賴已被他搗毀
竟敢闖我保險櫃
精心密謀來冒險
偷我心愛洋芋片

246

卑鄙洋芋片小偷
罪大惡極難相信
悲痛遙遙無止期
此等痛苦難平息

我心愛的洋芋片
日日夜夜都夢見
只要想到就開心
卻被惡棍偷了去

他和邪惡的計畫
他怎能如此卑鄙
我想大吼和尖叫
心中怒火燒不停

洋芋片

嘻！嘻！嘻！

殘忍偷去洋芋片
大把塞進肥嘴裡
想到就讓我傷心
可愛珍貴洋芋片
被他捏在手指間
放上貪婪的嘴唇
——洋芋片終極夢魘！

口水直流！

此番背叛永難忘
彼此再也非朋友
他最好去躲起來
史上最爛的朋友

撕成兩半→
的照片

泰瑞
巫毒娃娃

即刻上路獵盜賊
殺光所有的泰瑞
讓小丑們都閉嘴
扯爛他們的笑臉！

洋芋片之仇必報
他的懲罰無止盡
抖出他全部罪行
如何偷我洋芋片
史上好好記一筆
洋芋片小偷惡名

洋芋片 一種美味的
馬鈴薯零食
花栗鼠，惹人厭的小動物
洋芋片小偷
（看照片）

討人厭的鳥叫

騙子

驚恐，用某個東西……
洋芋片小偷

砸，打……洋芋片小偷……

筷子，一種方法讓

最好現在辦後事
狼心狗肺捲髮仔

風馳電掣逮賊去
身影更勝超音速
洋芋片小偷注意

離他越來越靠近
背信忘義無廉恥
狒狒才看得上你

安迪暴風

待我抵達那地方
很快，我向你保證
你一定猜到結局
我將要判他死刑！

第 10 章
安迪泰瑞大對決

我衝出我的超高保全洋芋片儲藏室，跑進廚房。

泰瑞和周猩猩正用鍋子爆爆米花，但沒蓋鍋蓋。剛爆好的爆米花劈里啪啦彈向四面八方，大導演先生和拍攝小組正拍下整個過程。

「嘿！洋芋片小偷！」我對泰瑞大喊：「你偷了我的洋芋片！」

「不，我沒有偷。」泰瑞說：「我怎麼會想偷你的寒酸洋芋片？我現在可是電影明星呢，洋芋片要多少有多少！」

「是沒錯，但或許你在變成電影明星之前就偷走了！」

我說：「難道你從沒有過這念頭？」

「不，我從沒想過。」他說：「但我也不曾有過別的念頭……我才沒有偷你的爛洋芋片呢！」

「有！」我說。

「沒有！」泰瑞說。

「有！」

「沒有！」

「有！」

「沒有！」

「所以你不承認？」我說。

「絕不！」泰瑞回答，雙手叉著腰。

「那麼，只有一個方法可以解決這件事。」我說。

「決鬥嗎？」大導演先生期待的問。

「不。」我說：「這是法律案件。就讓槌子頭法官決定吧。」

「我愛死這點子了！」大導演先生說：「法庭劇情片是賣座保證！我們走吧！」

我們爬上法庭。大導演先生和他的組員架好攝影機。

「燈光，攝影機，開拍！」他喊道。

259

槌子頭法官用他的頭猛力敲擊法官席。

「法庭上保持肅靜！」他喊道：「現在開始受理安迪和泰瑞的案件。」

「他偷了我的洋芋片！」我指著泰瑞高聲說道。

「反對！」泰瑞說：「他說謊！他只是嫉妒我，因為我成為電影明星但他沒有。」

槌子頭法官轉向我說道：
「偷洋芋片是非常嚴重的
罪行。你有什麼證據
支持這項驚人的指
控嗎？」

　　「關於這點，
庭上，」我說：
「我準備了詳盡
的示意圖，以證
明被告預謀偷竊洋
芋片。推測他是在
夜間，利用史上最高科技的防老鼠夾高蹺，避開我的超高
保全洋芋片儲藏室的超高保全措施，偷走我的洋芋片！看
好了，這就是證物Ａ！」

證物Ａ

證物A：那天晚上泰瑞利用史上最高科技的室的超高保全措施偷走了我的洋芋片。

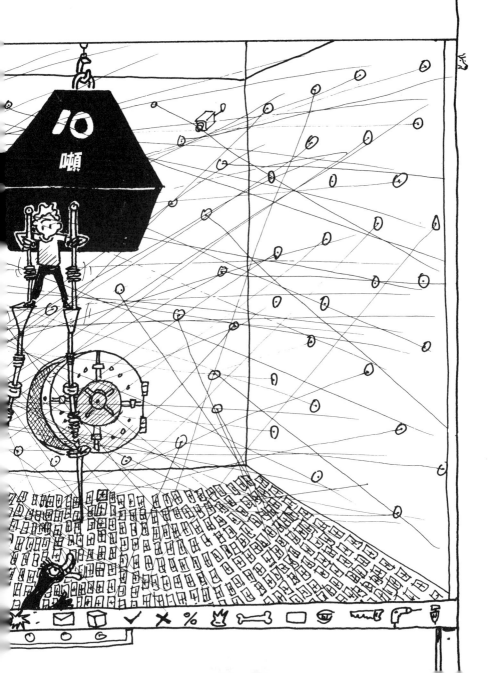

「這樣看來似乎罪證確鑿了。」槌子頭法官轉向泰瑞：
「洋芋片小偷，你要為自己辯護嗎？」

「我沒有做！」泰瑞說：「庭上，我連防老鼠夾高蹺
都沒有。」

「不再有了，」我說：「因為你把洋芋片吃光，並且湮滅證據！」

「沒有！」泰瑞說。

「有！」我說。

「法庭上保持肅靜！」槌子頭法官用他的頭猛敲法官席。

他轉向我：「你要傳喚證人嗎？」

「是的，我要傳喚證人。」我說：「我想請極怒鴨上證人席。她看見整個事發過程。」

極怒鴨憤怒的一搖一擺走向證人席。

我鼓起勇氣，盡可能靠近極怒鴨。

「如果洋芋片小偷就在這個法庭中，請呱一次。」我
說。

極怒鴨環顧四周後呱了一聲。

「謝謝。」我說。我指著泰瑞，接著問道：「如果我
現在正指著洋芋片小偷，請再呱一次。」

極怒鴨呱了一聲。

「謝謝。」我說：「我沒有問題了。對此我無需多言。」

「這不算證據！」泰瑞說：「那隻鴨子對任何事情都會呱！」

極怒鴨又呱了一聲。

「你看吧！」泰瑞說。

槌子頭法官用力敲擊他的頭。

「法庭上保持肅靜！」

槌子頭法官用力敲擊他的頭：「洋芋片小偷要傳喚證人嗎？」

「是的。」泰瑞說:「我要傳喚周猩猩。」

周猩猩抓著藤蔓盪過法庭,降落在證人席上。

「你認識我嗎?」泰瑞說。

「我認識你。」周猩猩說:「你是我最要好的朋友。」

「謝謝你。」泰瑞說:「在我們成為最要好的朋友的這段時間裡,你是否認為我會偷竊他人的洋芋片?」

「不,絕對不會。」周猩猩說。

「謝謝。」泰瑞說:「對此我無需多言。」

「反對！」我説：「泰瑞和周猩猩幾個小時前才認識。再説，你認為猴子説的話比鴨子更可信嗎？因為周猩猩就是一隻猴子！」

「庭上，反對！」周猩猩説：「我不是猴子，是長臂猿！」

「一樣啦。」我説。

「不一樣。」周猩猩説。

「一樣！」

「不一樣！」

「一樣！」

槌子頭法官用力敲他的頭。

「肅靜！」他喊道。

「是長臂猿！」周猩猩大吼。

「猴子！」我吼回去。

「呱！」極怒鴨說。

「本案駁回！」槌子頭法官說：「我頭痛了。」

他起身離開法庭。

「呼！」泰瑞説：「真高興我們解決了這件事。」

「才沒有。」我説。

「當然有。」他説：「顯然犯人不是我。」

「是你做的！」我説。

「我沒有！」

「有！」

「沒有！」

「有！」

「沒有！」

「只有一個方法可以解決這件事。」我說。

「決鬥嗎？」大導演先生滿心期待的說。

「正是如此。」我說：「不過不只是普通的決鬥——而是空前絕後的星際太空爭霸戰！」

「太完美了！」大導演先生說：「空前絕後的星際太空爭霸戰就是票房保證啊！燈光、攝影機、開拍！」

「等等。」我說。

「怎麼了？」泰瑞說。

「你該不會臨陣脫逃吧？」我說：

「你最好和我一樣，免得像隻小蟲子一樣被我壓扁。」

「好主意。」泰瑞說：「安迪，謝啦。」

「不客氣。」我說：「不然要前任好朋友做什麼呢？」

我們以最快的速度巨大化。

275

「空前絕後的星際太空爭霸戰就此開始！」我說。
我抓起兩架路過的飛碟，用力砸上泰瑞的耳朵。

他將月球拖離軌道，一腳朝我踢來⋯⋯

非常用力！

我用嘴巴接住一陣流星雨後噴向他。

他勾住我的頸子，把我的臉壓在太陽上。「安迪，還夠熱嗎？」他大叫。

我掙脫他，勾住他的脖子，把他的臉壓在太陽上。「希望你有擦防曬乳！」我說。

我想他應該沒擦防曬乳，因為他的頭髮著火了。

「夠了。」他說：「你真的要完蛋了！」

泰瑞拔下土星的光環，一圈圈朝我射來。

　　我至少被切成十二塊，對星際太空爭霸戰來說這真的太超過了，我別無選擇，只好⋯⋯

將他一把推入超巨大黑洞，結束這一切！

「你現在可以承認偷走我的洋芋片了嗎？」我說。但沒人回答我。

「泰瑞？」我說。

還是沒任何回應。「泰瑞！」我大喊。

但他還是沒有回答。

不妙。

我探進黑洞，把他拉出來。黑洞極端的重力把泰瑞的身體拉得好長好長，他看起來好像一根義大利麵。

這時我聽到一個熟悉的聲音。

　　是吉兒！還有她的太空貓！

　　「安迪？」她説：「你在太空裡做什麼呀？泰瑞發生

什麼事了？為什麼他看起來像一根義大利麵？」

「我們本來在進行空前絕後的星際太空爭霸戰。」我說：「然後我把他推進黑洞裡了。」

「有點糟糕！」吉兒說。

「但是他闖進我的超高保全洋芋片儲藏室，偷走了洋芋片。」

「他沒有。」吉兒說。

「有，就是他。」我說：「他是個骯髒討厭又卑劣的偷洋芋片的小偷！」

「他不是。」吉兒說：「泰瑞沒有偷你的洋芋片。」

「你怎麼這麼確定？」我問。

「因為是我偷的。」吉兒說：「但是我沒有偷，我只是借走了。」

「但是你如何避開老鼠夾、雷射光、十頓重物，還有極怒鴨？」我說。

「當然是靠我的飛天貓囉！」吉兒說。

那天吉兒闖入安迪的超高保全洋芋片儲藏室，借走了他的洋芋片。

「那保險箱呢？」我說：「你是怎麼解開的？」

「其實沒那麼難。」吉兒說：「保險箱原本就是開的。你不會生我的氣吧？」

「不會。」我嘆了口氣：「你早點告訴我就好了。」

「我說了！」她說：「我在一塊洋芋片形狀的厚紙板上寫了『借據』，留在包裝袋裡。」

「我以為那是洋芋片，所以我把它吃掉了！」我說。

「喔，太棒了！」吉兒說：「那我就不用償還你了。」

「吉兒！」我叫道。

「安迪，我開玩笑的。」吉兒說：「我知道你的洋芋片對你來說有多麼重要。」

「我想我們都知道安迪的洋芋片對他來說有多麼重要。」泰瑞說：「因此我絕對不會偷你的洋芋片。」

「泰瑞，我想我欠你一個道歉。」我說：「很抱歉我指控你偷了我的洋芋片、把你拉進法庭、拿飛碟砸你的頭、用流星雨射你、讓你頭髮著火，還把你推進黑洞。」

「別擔心。」泰瑞説：「忘掉這些，讓我們再次成為好朋友……直到永遠！」

「那周猩猩怎麼辦？」我問：「我以為他是你最好的朋友。」

「在真實生活中不是。」泰瑞説：「那只是逢場作戲。我是説，他的確是個風趣的傢伙，我也很喜歡他，但是你才是我永遠的好朋友，安迪，我最最要好的朋友。」

「你也是！」我説。

「卡！」大導演先生乘著太空導演椅飛來，一邊用擴音器吼道：「太完美了！太出色了！充滿動作、效果，還有出人意表的歡樂大結局，電影該有的都有了。」

「你全都拍下來了？」我問。

「你說呢？」大導演先生說：「我全部都拍到了！觀眾會愛死！你們三人要變成電影大明星了！」

「我也是嗎？」我說。

「沒錯！」大導演先生說：「每部電影都需要一個大反派！大家會對你又愛又恨！」

「我呢？」吉兒問：「還有絲絲？我們會在電影裡嗎？」

「當然！」大導演先生說：「星際太空動物救援隊……多有趣啊！」

「這不是為了好玩。」吉兒說：「太空動物救援是很嚴肅的事情。」

但是大導演先生沒聽見吉兒的話。他已經在回地球的路上了。

「首映之夜見啦！」他高聲說道。

第 11 章

電影大明星

　　嗨，我的名字叫做安迪。以前我寫書，不過我已經忙到不再寫書了，因為我現在是知名的電影大明星。

這是我的朋友泰瑞。他也是知名的電影大明星。

而這位是我們的朋友吉兒和她的貓絲絲。他們也是知名的電影大明星。

這位則是吉兒的驢子，嘶嘶先生。

這是她的牛，派特。

事實上，吉兒的動物全都成為知名的電影大明星了！

297

不過，雖然我說我們都是知名電影大明星，其實我的意思是，我們快要成名了……只要等到電影上映。

我想，如果你們就像大部分的電影愛好者，或許你會想知道電影究竟何時上映。這個嘛，其實明天晚上將要在樹屋舉辦一場星光雲集的紅毯首映會⋯⋯我們要邀請你！

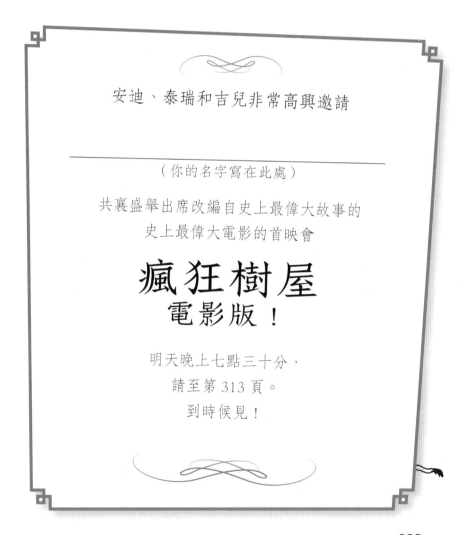

安迪、泰瑞和吉兒非常高興邀請

（你的名字寫在此處）

共襄盛舉出席改編自史上最偉大故事的
史上最偉大電影的首映會

瘋狂樹屋
電影版！

明天晚上七點三十分，
請至第 313 頁。
到時候見！

自從我們成為即將知名的大明星，生活改變了不少。

泰瑞和我以好萊塢明星式的彈彈拖車取代了臥室。

301

我們還弄來客製化的藍寶堅尼改裝車，在樹上開著到處跑……我們再也不必走路了。

我們甚至做了自己的樹屋星光大道。

但也不是只有好處。例如有點難看清方向，因為我們必須隨時戴著太陽眼鏡。（如果你是電影明星，就不得不戴太陽眼鏡了。）

我也有點想念不需要透過經紀人、經理、私人助理及
公關就能和泰瑞與吉兒見面的日子。

不僅如此，我們每天都要花很多時間閃躲狗仔隊。

即將出名的電影明星的生活似乎不夠忙碌，我們還必須為明天晚上的電影首映會布置樹屋。

到時候會有很多人和動物出席，因此我們必須準備好我們的露天電影院。

我們將需要至少一萬張椅子……

一大捲紅地毯……

我們還必須爆至少一千萬顆爆米花。

但別擔心，我確定我們會準時完成一切。

明天晚上見！

第 12 章
瘋狂牛屋電影版

哇，上一章結束後似乎立刻就來到這裡，不過現在其實已經是明天晚上了。歡迎光臨我們的電影首映會！

所有的人都會來。

事實上，他們現在應該早就到了，因為再過十分鐘電影就要開演，卻只有泰瑞、吉兒、我和你。

其他人上哪裡去了？

「泰瑞，你不是寄出所有邀請函了嗎？」我說。

「是呀。」泰瑞回答：「我全部交給郵差比爾，請他寄出啦。」

「我的動物都知道這件事。」吉兒說：「牠們看起來非常期待呢！」

「那牠們在哪裡？」我說。

吉兒聳聳肩說：「我不知道。」

「看！有人往這裡來了！」泰瑞指著說。

我們看到一大群動物，吱吱喳喳的從森林外圍走近。

「好吧。」我說：「大家只是很從容。牠們認出我們
的時候搞不好會暴動呢！」

「對啊。」泰瑞說：「幸好有這些絲絨繩欄保護我們。」

但是動物並沒有走向我們的樹，反而直接略過我們的探照燈、我們的絲絨繩欄和紅地毯，往森林更深處走去。

「怪了。」我說。

「沒錯。」吉兒說：「他們之前也在討論電影，不過他們不是說瘋狂樹屋電影，而是說瘋狂牛屋電影。」

我倒抽一口冷氣。

「怎麼了？」泰瑞說。

「是那些我曾經試著告訴你們的間諜牛。」我說：「我想他們偷了我們的電影，還有我們的首映之夜！」

「安迪，我說過了。」吉兒說：「我不認為那些牛會做出這種事。他們對電影沒興趣……當然啦，除非是和草有關的電影。」

上圖：畫家所繪製，吉兒想像中牛會感興趣的電影海報。

「你可能是對的。」吉兒說：「或許普通的牛對大部分的電影沒有興趣，不過這些不是普通的牛，他們是牛電影的間諜牛。泰瑞，你相信我嗎？」

「不，我不相信。」泰瑞說：「而且我相信很多難以相信的事情。」

「好吧，隨便你。」我說：「我們跟這些動物走，等你親眼看見或許就會相信了。」

我們走進森林。

我們聽見遠方興奮群眾的聲音，前後左右出現越來越多人和動物。

我們來到高處，看見一大片露天空地，盡是滿滿的人、動物和牛……特別是牛……全都坐在一面超巨大牛電影銀幕前。

　「快看！」我說：「瘋狂牛屋電影版！你們現在相信我了嗎？」

「噓！」泰瑞說：「瘋狂牛屋電影版要開始了！」

「嘿。」泰瑞說：「那些牛跟我們長得好像。」

「對啊。」我說：「除了他們是牛。」

「噓！！」吉兒說。

「嘿。」泰瑞説：「看起來好像我褲子著火的時候。」

「我知道！」我説：「他們就是這樣得到靈感的。」

「噓！」吉兒説。

「嘿。」吉兒說：「看起來就像發生在絲絲身上的事。」

「才不像。」泰瑞說：「絲絲是變成金絲貓。」

「噓！」我說。

　「嘿！」泰瑞說：「看起來好像我的忍者蝸牛。」

　「我知道。」我說：「這些牛把我們的故事全部偷走了。」

　「噓！」吉兒說。

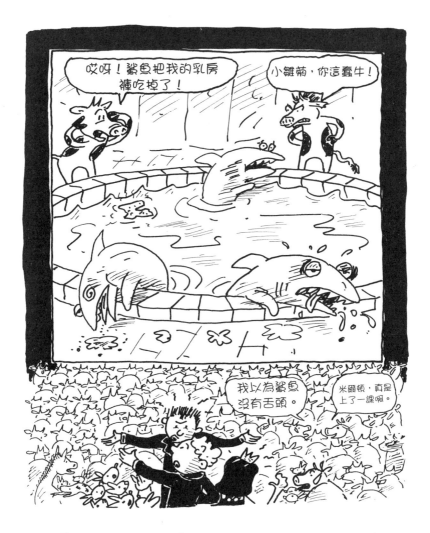

「嘿！」泰瑞說：「好像鯊魚吃掉我的內褲那一幕。」

「吼！」我跳到他面前說：「你還沒看出來嗎？」

「安迪，坐下。」吉兒說：「我看不到瘋狂牛屋電影版了。」

「牛很有趣啊。」泰瑞説。

「但他們也是小偷。」我説：「這點子是從汪汪狗小汪那裡偷來的。」

「嘘！」吉兒説：「我聽不見哞哞説什麼了。」

336

　　「安迪，還記得我們的空前絕後星際太空爭霸戰嗎？」
泰瑞說。

　　「當然記得。」我說：「這些牛看起來正在做一樣的事。
好一群學人精！」

　　「我想你是要說學人牛吧。」吉兒說。

「喔！好可愛呀！」吉兒説。

「那可是我們的故事！」我説。

「才不是呢。」泰瑞説：「我們是好朋友，才不是農場好伙伴。」

「嘿！」泰瑞說：

「結局和我們的故事一模一樣……

等等……

等等……

等一下……

再等一下下……」

「這些間諜牛偷了我們的電影！」泰瑞大叫：「他們抄襲我們全部的點子！」

「這就是我從頭到尾都試著告訴你的。」我說。

「我知道。」泰瑞說：「真抱歉我沒有聽你的話。但往好處想大家似乎都很喜歡牛的電影，所以他們一定也會喜歡我們。」

「這個嘛，他們本來會喜歡的。」我說：「但是如果現在播映我們的電影，大家就會說我們抄襲一幫牛的點子。」

　　「我想應該稱為一群牛。」吉兒說。

　　「現在這不重要！」我說。

　　「雖然你正在生氣，」吉兒說：「但還是應該使用形容牛群的正確量詞。」

「我們沒有抄襲牠們。」泰瑞說:「是他們抄襲我們！」

「我知道,你知道,吉兒也知道。」我說:「但沒有其他人知道。我們只能重拍一部電影,敘述牛是如何偷了我們的第一部電影⋯⋯不過這次我們要確保牛對我們要拍的電影一無所知。」

「嗯,安迪。」吉兒說:「我想⋯⋯」

「吉兒,晚點再說。」我說:「我必須和大導演先生談談。」

「但是這很重要。」

「稍後再說！」我說：「我們必須立刻著手進行下一部電影。快去找大導演先生，然後開拍。」

「他來了。」泰瑞說。

「嘿，大導演先生。」我說：「我們必須和你談談！」

「嗨，大伙們！」他說：「真是部好電影，你們說是吧？」

「大概吧。」我說：「不過本來是我們的電影！」

「是啊。」大導演先生聳聳肩：「我能說什麼呢？牛搶先一步。你們的電影完蛋了。不過演藝圈就是如此。」

「但我們已經為下一部片想到絕佳的點子。」我說：「而且我們希望由你執導。現在就開始，免得牛又把點子偷走。」

「很抱歉。」大導演先生說：「牛已經聘請我執導他們的下一部電影，是關於一群偷了關於偷點子牛電影的電影點子的牛。這部電影會比瘋狂牛屋電影版更酷、更盛大。事實上，我們現在正要前往好萊塢呢！這些牛要成為大明星了！」

「真是似曾相識。」泰瑞悄聲說道。

「你是說似曾相哞吧。」我說。

第 13 章

結局

我們回到樹屋，坐在沙發上。

「我們現在該怎麼辦？」我說。

「我不知道。」泰瑞說：「我們在成為電影明星之前都在做什麼？」

「不知道。」我說。

「你們以前一起合作寫書。」吉兒説:「安迪你寫故事，泰瑞你負責畫畫。」

視訊電話響起。

「糟了。」我説:「一定是大鼻子先生。他可能聽説電影的事了，他一定不會高興。」

「安迪，你去接。」泰瑞説。

「我才不要接。」我説:「我怕死了。」

「我也是。」泰瑞説:「我們躲到沙發後面吧。」

吉兒嘆了口氣:「我來接吧。」

吉兒接起視訊電話，大鼻子先生的臉立刻填滿螢幕。
他比平常看起來還要巨大憤怒。

　　「安迪和泰瑞在哪裡？」他嚷著。

　　「他們躲在沙發後面。」吉兒說。

　　「我一點也不意外。」大鼻子先生吼道：「聽說這兩
個蠢蛋毀了電影！」

　　「不是他們的錯。」吉兒說：「是牛。牠們抄襲所有
的點子，拍了牠們自己的電影。」

「牛？」大鼻子先生咆哮。

我跳出來，說道：「沒錯，就是牛！但牠們不是普通的牛，牠們是間諜牛！我試圖警告大家，但沒人相信我，連泰瑞也是。」

泰瑞從沙發後面跳出來說：「安迪，這不公平。當時你全身布滿刺，頭上還戴著一坨牛大便。你不能怪我們，以為一切只是你想要毀掉電影的蠢陰謀，就像塗鴉、亂飛的盤子，還有安迪們的大入侵。」

「什麼？」大鼻子先生大吼：「你試圖毀掉電影？」

　　「不是。」我說：「我試圖拯救這部電影。盤子和塗鴉館爆炸都是意外。而且我也試圖阻止安迪們，但是他們也不肯聽我的話。順帶一提，其實我還拯救了全世界免於被一灘巨大的死水淹沒！」

「夠了！」大鼻子先生說：「這些解釋是我聽過最荒謬的事情。事實上，荒謬到聽起來就像你們其中一本書的劇情。說到書，如果沒有電影，那我就要書。今天午夜之前，不許出差錯，否則後果自負。再見！」

　　「看來一切都進行得很順利。」泰瑞說。
　　「是啊。」我說：「除了我們得在午夜之前完成一本書。」

「沒問題！」泰瑞說：「那就午夜。

等等……

等一下……

再等一下……

等等……

再等一下下……

你是說今天晚上的……午夜？」

「正是。」吉兒說：「今晚午夜。」

「大問題！」泰瑞說：「根本沒剩多少時間了，我們一直忙著拍電影，現在一點寫書的靈感也沒有！」

「就寫這個！」我說：「我們來寫一本關於拍電影的書！大鼻子先生說整件事情都很荒謬，所以再完美不過了！」

「你是説，我們要寫一本關於拍一部寫書的電影的書的書？」泰瑞説：「聽起來好複雜啊。」

　　「因為的確很複雜！」我説：「我們最好在事情變得更複雜之前開始動筆。」

　　「那牛怎麼辦？」泰瑞説：「難道他們不會偷走我們所有的點子，搶先一步出書嗎？」

　　「當然不會啦。」我説：「牛不會寫書。」

　　「説得對。」泰瑞説。

為何牛不會寫書。
蠢牛蹄！
牠們沒有手。
我贏了！
我第二！
牠們最愛的運動—
賽乳房，
很容易令牠們分心。
牠們寧願去跳舞。
牠們忙著登陸月球。
x+y=56

「好吧。」泰瑞説：「這本書就叫做《關於書的電影的書之書》。」

　「我不太確定耶。」我説：「《瘋狂樹屋七十八層》如何？我們的讀者比較容易記住。」

　「安迪，你真周到。」泰瑞説：「開工吧！」

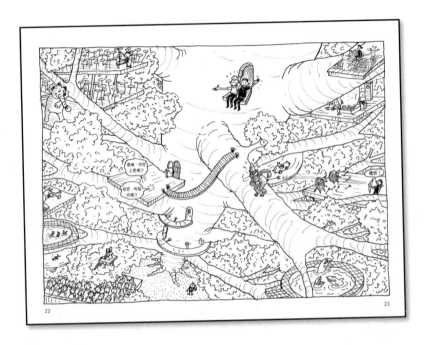

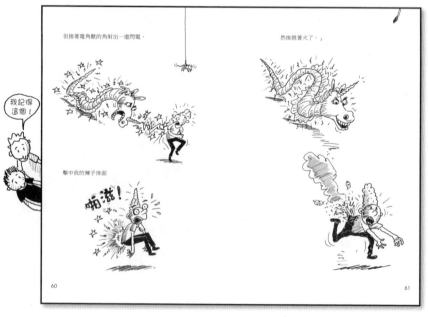

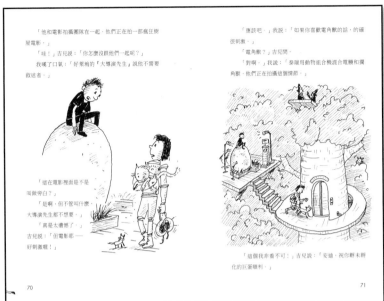

「他和電影拍攝團隊在一起。他們正在拍一部瘋任樹屋電影。」

「哇！」吉兒說：「你怎麼沒跟他們一起呢？」

我嘆了口氣：「好萊塢的『大導演先生』說他不需要敘述者。」

「這在電影裡面是不是叫做旁白？」

「是啊，但不管叫什麼，大導演先生都不想要。」

「真是太遺憾了。」吉兒說：「但電影那──好刺激喔！」

「應該吧。」我說：「如果你喜歡電角獸的話，的確很刺激。」

「電角獸？」吉兒問。

「對啊。」我說：泰瑞用動物組合機混合電鰻和獨角獸。他們正在拍攝這齣情節。」

「這個我非看不可！」吉兒說：「安迪，祝你孵未孵化的巨蛋順利。」

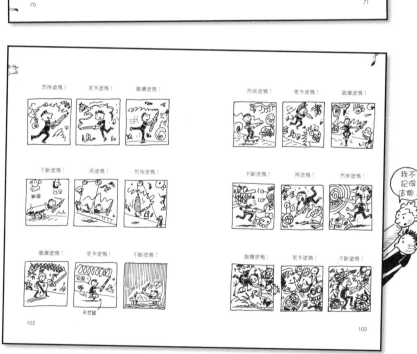

然後塗鴉！　更多塗鴉！　繼續塗鴉！

不斷塗鴉！　再塗鴉！　然後塗鴉！

繼續塗鴉！　更多塗鴉！　不斷塗鴉！

然後塗鴉！　更多塗鴉！　繼續塗鴉！

不斷塗鴉！　再塗鴉！　然後塗鴉！

繼續塗鴉！　更多塗鴉！　不斷塗鴉！

我不記得這個！

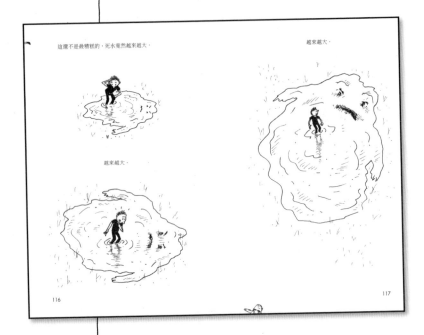

這還不是最糟糕的，死水竟然越來越大。 越來越大。

越來越大。

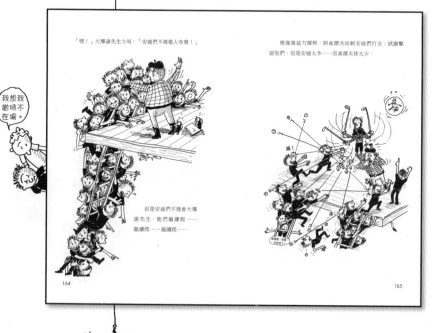

「喂！」大導演先生大叫：「安迪們不准進入布景！」

周猩猩猛力揮桿，將高爾夫球朝安迪們打去，試圖驅退他們，但是安迪太多……而高爾夫球太少。

我想我當時不在場。

但是安迪們不理會大導演先生，他們繼續爬……繼續爬……繼續爬……

「喂，安迪，」周瑾瑾說：「如果你說的是真的，那你為什麼不去牛電影的試鏡呢？你真是一坨非常有說服力的牛大便！」

「說得好，」泰瑞說：「你不只看起來像，聞起來也很像！」

「擊掌，我的人類好伙伴！」周瑾瑾高舉地的手，泰瑞和他擊掌，接著他們笑得滿地打滾。

哈！哈！哈！哈！

大　一

這個根本沒發生過！

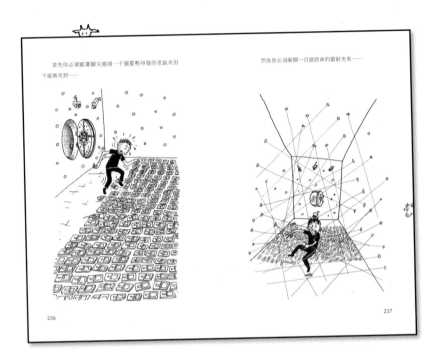

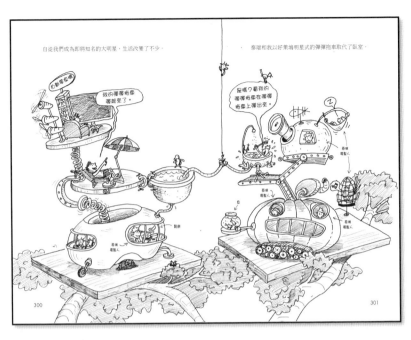

　　「動作十足呢！」泰瑞說：「我們最棒的作品！不過有一個問題。」

　　「是什麼？」我說。

　　「書要如何準時送到大鼻子先生手上？」

　　「我不知道。」我說：「但我們必須想到某個夠快的東西，因為距離午夜只剩下五分鐘了！」

「快看！」吉兒說：「未孵化的巨蛋裂開了，一定是要孵化了！」

「不知道會是什麼。」泰瑞說：「希望不是一頭牛。」

「別擔心。」吉兒說：「牛不是從蛋裡孵出來的。」

「但鳥是。」我說：「也許會是一隻飛得很快的鳥，像是超音速燕子或燃料式獵鷹，就可以幫我們送書了。」

「是一隻陸龜！」吉兒說。

　　「還真適合！」我說：「完全不是我們需要的！世界
上最慢的動物之一。陸龜對我們一點幫助也沒有。」

「我不這麼認為唷。」吉兒說：「看到龜殼上的引擎和排氣管了嗎？如果我沒認錯，這是一隻渦輪陸龜，世界上最快的動物之一。」

又多一張吃飯的嘴！

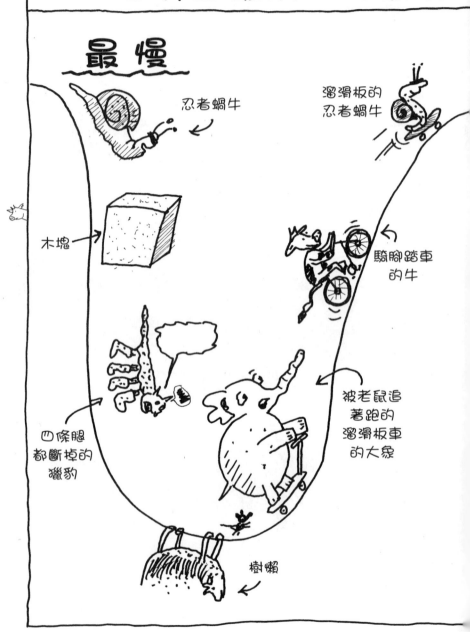

世界上最快（和最慢）

最慢

忍者蝸牛

溜滑板的
忍者蝸牛

木塊

騎腳踏車
的牛

四條腿
都斷掉的
獵豹

被老鼠追
著跑的
溜滑板車
的大象

樹懶

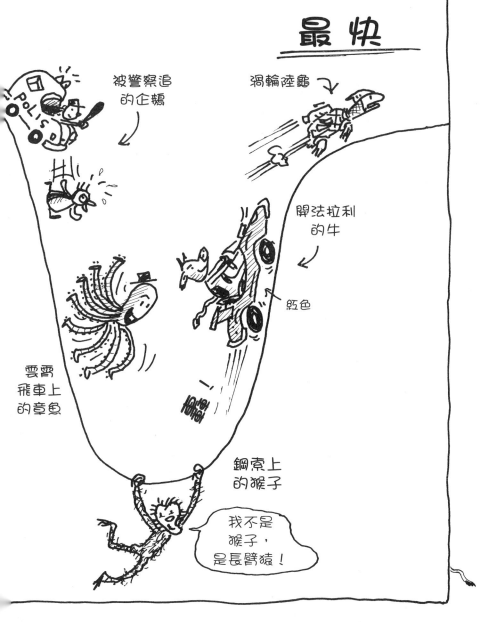

我們把原稿放進渦輪陸龜的嘴巴，吉兒向他解釋該送至何處。陸龜發動引擎，呼嘯而去，速度比開法拉利的高速子彈還快。

375

378

「任務達成！」泰瑞透過我們的夜間望遠鏡，看見渦輪陸龜撞上大鼻子先生辦公室的窗戶，他說：「現在是十一點五十九分五十九秒。渦輪陸龜提早一秒鐘送達書稿！」

「耶！」我抓起泰瑞和吉兒的手，開心舉起。

喵嘎哞！
咕咕─咕！
呱嚄嘶！
嘰吼汪！

「不好了。」吉兒看著她的星際太空動物救援緊急呼叫器說：「一隻大猩猩的香蕉火箭墜毀在鋼星球。晚點見。很遺憾牛偷了你們的電影，不過你們的書非常精采！不管什麼時候都比蠢笨牛電影好太多了！」

「真是有趣的一天。」泰瑞說:「我們明天要做什麼?」

「我告訴你們該做什麼。」背後傳來一個聲音。

我轉身看見一個圍著鮮豔頭巾、戴金色耳環和金幣項鍊的神祕女人。她的手中托著一顆水晶球。

「你是誰？」我問。

「我是全知夫人。」她說道：「我知悉萬事，洞見萬物，而且我已經知道你們會為我建造一層樓，讓我能夠搭起算命帳篷，結束我的漂泊旅程。」

「真是個好主意！」泰瑞説：「有個全職的算命師一定很棒，這樣一來我們就能知道接下來會發生什麼事了！我們還能同時建造其他新樓層！」

　　「我也知道你會這麼做。」全知夫人説。

　　「哇！」我説。

　　「我也知道你會這麼説。」她説。

「接下來會發生什麼事呢？」泰瑞問。

「什麼都不會發生。」她說：「因為這本書結束了。」

「我就知道。」我說。

「我先知道的。」全知女士說。

故事館 41

瘋狂樹屋 78 層：誰是電影大明星？
The 78-Storey Treehouse

小麥田

作　　　者	安迪・格里菲斯（Andy Griffiths）
繪　　　者	泰瑞・丹頓（Terry Denton）
譯　　　者	韓書妍
封 面 設 計	翁秋燕
責 任 編 輯	丁　寧

國 際 版 權	吳玲緯　蔡傳宜
行　　　銷	闕志勳　吳宇軒　陳欣岑
業　　　務	李再星　陳紫晴　陳美燕　葉晉源
副 總 編 輯	巫維珍
編 輯 總 監	劉麗真
總 經 理	陳逸瑛
發 行 人	涂玉雲
出　　　版	小麥田出版
	10483 台北市中山區民生東路二段 141 號 5 樓
	電話：(02)2500-7696
	傳真：(02)2500-1967
發　　　行	英屬蓋曼群島商家庭傳媒股份有限公司
	城邦分公司
	10483 台北市中山區民生東路二段 141 號 11 樓
	網址：http://www.cite.com.tw
	客服專線：(02)2500-7718 ｜ 2500-7719
	24 小時傳真專線：(02)2500-1990 ｜ 2500-1991
	服務時間：週一至週五 09:30-12:00 ｜ 13:30-17:00
	劃撥帳號：19863813　戶名：書虫股份有限公司
	讀者服務信箱：service@readingclub.com.tw
香港發行所	城邦（香港）出版集團有限公司
	香港灣仔駱克道 193 號東超商業中心 1/F
	電話：852-2508 6231
	傳真：852-2578 9337
馬新發行所	城邦 (馬新) 出版集團 Cite (M) Sdn Bhd.
	41-3, Jalan Radin Anum,
	Bandar Baru Sri Petaling,
	57000 Kuala Lumpur, Malaysia.
	電話：+6(03) 9056 3833
	傳真：+6(03) 9057 6622
	讀者服務信箱 :services@cite.my
麥田部落格	http:// ryefield.pixnet.net
印　　　刷	漾格科技股份有限公司
初　　　版	2017 年 5 月
初 版 6 刷	2023 年 1 月
售　　　價	380 元

THE 78-STORY TREE HOUSE
Text copyright © Flying Beetroot
Pty Ltd, 2016
Illustrations copyright © TJ & KA
Denton, 2016
This edition arranged with Curtis
Brown Group Ltd.
through Andrew Nurnberg
Associates International Limited

國家圖書館出版品預行編目 (CIP) 資料

瘋狂樹屋 78 層：誰是電影大明星 /
安迪 . 格里菲斯 (Andy Griffiths)
著；泰瑞 . 丹頓 (Terry Denton)
繪；韓書妍譯 . -- 初版 . -- 臺北市：
小麥田出版：家庭傳媒城邦分公司
發行 , 2017.05
面；　公分
譯自 :: The 78-storey treehouse
ISBN 978-986-94582-1-4（平裝）

887.159　　　　　104020790

版權所有 翻印必究
ISBN 978-986-94582-1-4
本書若有缺頁、破損、裝訂錯誤，請寄回更換。

城邦讀書花園
www.cite.com.tw
書店網址：www.cite.com.tw

準備好想像力，啟動好奇心，歡迎來到「瘋狂樹屋」！
最無厘頭的雙人組合，展開翻天覆地大冒險，
在這裡，所有想像都能成真！

瘋狂樹屋13層
安迪和他的祕密實驗室

瘋狂樹屋26層
海盜船與死亡迷宮

瘋狂樹屋39層
月球上的屎比頭教授

瘋狂樹屋52層
潛入蔬菜王國大冒險

瘋狂樹屋65層
驚奇時空歷險記

瘋狂樹屋78層
誰是電影大明星？

瘋狂樹屋91層
潛入海底兩萬哩

瘋狂樹屋104層
安迪的牙齒非常痛

★ 翻譯為二十五種語言版本，全世界小孩都愛瘋狂樹屋

★ 曾榮獲澳洲書業年度童書獎、ABIA 青少年讀物獎、APA 童書書本設計
  獎、COOL 最佳小說獎、KOALA 最佳小說獎、KROC 青少年小說獎、
  YABBA 最佳小說獎、比利時荷語兒童評審年度童書獎、西澳大利亞青
  少年圖書獎等多項大獎

老師、家長、作家好評推薦

Sama 部落客

小亨利老師 小亨利木工教室

小熊媽 親職教養作家張美蘭

大沐老師 大沐的手作世界創辦人：

王文華 兒童文學作家

王　師 牽猴子整合行銷公司負責人

吳碩禹 《遜咖日記單字本》作者）

洪美鈴 心理師、《還是喜歡當媽媽》作者

笑C.C.老師 eye上大自然

張大光 故事屋創辦人

蘇明進 老ㄙㄨ老師

海狗房東 童書推廣與故事師資培訓人

張智惠 財團法人泰美教育基金會執行長、泰美親子圖書館館長

陳宛君&閱寶Oliver 晨熹社

陳櫻慧 童書作家暨親子共讀推廣講師、思多力親子成長團隊暨網站召集人

黃哲斌 媒體工作者

黃震宇 高雄鳳翔國小老師

楊恩慈 彰化縣三民國小校長

蔡淑瑛 兒童文學學會秘書長

劉怡伶 教育部閱讀推手、臺中市SUPER教師、宜欣國小閱讀推動教師

劉佳玲 桃園莊敬國小老師

羅怡君 親職溝通作家

圓臉貓 親子生態講師

賴柏宗 臺北市仁愛國小教師

郝譽翔 作家

瘋狂樹屋 13 層：安迪和他的祕密實驗室

安迪和泰瑞打造了完美的樹屋，最神奇的是能研發出任何神祕機器的「地下實驗室」！泰瑞製造出巨型香蕉，沒想到卻是接二連三災難的開始。香蕉引來調皮搗蛋的不速之客，甚至，樹屋面臨倒塌的危險！是誰想要破壞他們的祕密基地？安迪和泰瑞能安全度過危機嗎？

瘋狂樹屋 26 層：海盜船與死亡迷宮

史上最邪惡的海盜船長「木頭木腦」復活，海盜軍團在樹屋現身了！安迪、泰瑞能和吉兒攜手擊退海盜，奪回自己的樹屋嗎？神奇的飛天貓「絲絲」願意幫忙嗎？快翻開書頁，來一趟穿梭於樹屋與海洋之間的超級大冒險！

瘋狂樹屋 39 層：月球上的屎比頭教授

顧著玩耍的安迪和泰瑞忘了寫新書，眼看著大鼻子先生又要大發雷霆，幸好，安迪發明了會自動寫書的「從前的時光機」！他們只要躺著等機器寫完書就行。沒想到機器卻獨占新書，甚至將安迪和泰瑞趕出樹屋！

瘋狂樹屋 52 層：潛入蔬菜王國大冒險

不吃青菜好困擾！討厭水果怎麼辦？生薑、大蒜、洋蔥軍團即將到來，蔬菜城堡就在不遠處，城牆還是蘆筍做的！蔬菜國民要把安迪與泰瑞煮成湯了！大朋友的苦惱、小朋友的心事，蔬菜王國，我們該拿你怎麼辦？

瘋狂樹屋 65 層：驚奇時空歷險記

安迪和泰瑞最愛的樹屋竟然是「違章建築」，拆除大隊馬上就要來拆房子了！拯救樹屋的唯一方法，就是搭乘時光機回到六年半以前，申請「建築許可證」。沒想到，不靈光的時光機帶著安迪和泰瑞來到六億五千萬年前、六千五百萬年前、六萬五千年前、六千五百年前……

瘋狂樹屋 78 層：誰是電影大明星？

安迪跟泰瑞打算拍一部樹屋電影，「大導演先生」卻找了一隻長臂猿加入，與泰瑞一同演出。最佳拍檔的位置遭人取代，安迪氣壞了，灰心的他只好闖關重重保全，去吃他最愛的洋芋片。沒想到洋芋片只剩下一片，難道是泰瑞搞的鬼？

瘋狂樹屋 91 層：潛入海底兩萬哩

瘋狂樹屋的瘋狂指數快速飆升！安迪與泰瑞這回當起了臨時保母，為了保護小孩，他們掉進了世界上最大的漩渦，潛入海底兩萬哩，接著受困在無人島上，還掉入巨無霸蜘蛛網中。他們找算命師求助，卻想不到最大的危機一直都在身邊！

瘋狂樹屋 104 層：安迪的牙齒非常痛

世界上最痛的牙痛全面襲擊！不用怕，拔牙大隊出動啦！偏偏這時候，一百隻熊開始了史上最慘烈的麵包大戰，聖母峰上的大鳥也來亂！牙仙又遲遲不來救，安迪和泰瑞如何度過樹屋生涯最大危機？！

大家一致推薦！

天馬行空又行雲流水的圖文，是本讓孩子一起瘋狂開懷的絕妙作品！

——小熊媽（親職教養作家 張美蘭）

每翻一頁，就期待著泰瑞帶領我們看見不同的人生風景，即使他總是漠視手上該做的急事，總是無事生波瀾，把平靜生活搞得雞飛狗跳，總是無端冒出人生軌道外的刺激挑戰，讓身旁的人忙著滅火善後。但，沒有人能否認，正因為這樣的創新與毀滅，我們有了新的格局與眼界！ ——溫美玉（南大附小教師）

讀者在閱讀這系列故事時，肯定邊跳邊讀、眼睛發光、快樂指數直線上升、頭腦裡沉睡許久的神經突觸瘋狂連結！幽默破表的作者想像力彷彿沒有盡頭，讀者一翻開書頁，就像搭上直通宇宙的雲霄飛車，捧腹歡笑的同時還得緊緊抓住握桿。

——黃筱茵 （兒童文學工作者）

本系列具有翻譯圖像小說的創新處，用自由不羈的線條表現，讓人感覺輕鬆與動態、活潑。書中作者與讀者對話、揭穿創作者心路歷程的基本架構，可以同時滿足圖像與文字閱讀慣性的孩子閱讀習慣。

——黃愛真（教育部閱讀推手，高雄市立一甲國中閱讀教師）

樹屋系列很適合親子共讀。可以讀給孩子聽之外，書中用字平淺、貼近生活用語，所以也可以讓孩子讀給你聽。一邊說故事，還能一邊從故事中找尋跟生活有關的元素，繼續編出屬於您跟孩子的另一個樹屋故事。

——吳碩禹（中原大學應用外語系助理教授 《我的遜咖日記單字本》作者）

這種挑戰現實理解的角色安排，其實對作者是絕大的考驗。說是考驗，更確切的說，應該是假設如果我是作者，絕對會是個考驗！但對這本書的作者來說，根本就是潛在他血液裡不按常理出牌的天生調皮，就像許多看似令大人頭痛的孩子，骨子裡的創意總有出乎意料的驚喜一樣。

——陳櫻慧（童書作家暨親子共讀推廣講師／思多力親子成長團隊暨網站召集人）

「瘋狂樹屋」系列也可以是父母的啟蒙練習書：學習著放下大人的思考邏輯、學習著不帶批判評價、學習著「無所為而為」的生活片刻，能和孩子們一起享受遊戲，才能真正進入孩子的內心世界。

——羅怡君（親職溝通作家）

傑夫‧金尼和戴夫‧皮爾奇的書迷會被這本系列首部曲吸引目光……闔家同樂……你知道嗎？這本書會是樹屋裡的好讀本。　　　　——〈書單雜誌〉

喜愛傑夫‧金尼的《遜咖日記》系列和林肯‧皮爾士的《大頭尼》系列的書迷一定會被這本書迷住，孩子的爸媽也會欣賞書中一點也不冷嘲熱諷的幽默趣味。

——〈學校圖書館學報〉

長期合作的格里菲斯和丹頓在他們的新書（首版於澳洲發行）運用後設手法書寫，造就了荒唐到無法無天的最高境界。安迪和泰瑞兩個年輕哥倆好在孩童夢想的樹屋裡一起生活，不僅有保齡球球道、鯊魚水槽、擺盪的藤蔓、還有地下實驗室。

——〈出版人週刊〉